閑《ひま》な読《どく》書《しょ》人《じん》

荻原魚雷

晶文社

装丁　南伸坊

目次

1 フリーライター

2 古本の時間

1
フリーライター

隠居願望

ずっと隠居にあこがれていた。

できることなら、浮世離れした人間になりたかった。

世の中の決め事がよくわからず、どこに行っても、場違いな、居心地のわるいおもいをしてきた。

周囲からは、おとなしそうな人だとおもわれている。おとなしそうに見えて、不義理かつ不精だから、よく怒られる。

もっと奇抜な格好をして変人を装えば「何をいっても無駄だ」と諦めてもらえるのかもしれない。あるいは和服を着て、髭を伸ばし、遠くから見てもただものではないという雰囲気を漂わせるのもわるくない気がする。

落語の隠居とちがい、二十一世紀の隠居は、株やら金やらの資産運用に精通した人が多いという話を小耳にはさんだことがある。

浮世離れにしても、研究を重ねるにつれ、簡単ではないことがわかってきた。

例外はあれ、浮世離れした人は、親が金持か、妻が働き者か、そのどちらかであることが多い。例外に関しては、いまなお解明されたとはいえない状況にある。

元手もなく、親の財産もなく、妻の稼ぎも期待できない人は、一生働き続けるほかないのだろうか。

大学を中退した年にバブルがはじけた。

時代を先取りするかのようにわたしは一足早く貧乏生活を送っていた。上京後、四畳半の風呂なしアパートに住み、二年ちかくテレビがなかった。痩せ気味で、年中、風邪をひいていた。「努力もせず、寝てばかりいたら、そりゃあ貧乏になって当然だよ」と面と向かっていわれたことがある。

在学中からフリーライターをはじめたものの、原稿料だけでは暮らしていけない。足りない分は我慢したり、古本を売ったり、アルバイトをしたりして、どうにか埋め合わせるのが常だった。

下り坂から転がり落ちないようにブレーキを踏みながら、日々をすごす癖がついた。おかげで、その日暮らしとその場しのぎと気晴らしとひまつぶしは得意になった。

たぶん努力の方向性をまちがえた。

三十歳のとき、念願の風呂付のアパートに転居した途端、欲望がなくなった。

家賃がもうすこし安ければ、もうすこし頻繁に酒が飲めるのになあとおもう。酒がもっと安ければ、もっといい部屋に住めるのになあとおもう。

それは欲望ではなく、夢想である。

すでに生活必需品は揃っている。何より物を置く場所がない。

服はほとんど買わない。髪は自分で切る。食事もほぼ自炊である。

車の免許もなく、いまだに携帯電話も持っていない。

もともと日本経済への貢献度がきわめて低くかったわたしの消費欲は減退の一途をたどっている。

自分の物欲を刺激し、死に物狂いで働きたくなるような商品はどこにも見当たらない。

杞憂であることを祈るが、自分のような人間が増えたら、世の中はどうなるのだろう。

「嫌消費」という言葉があるが、かれこれ十年以上、わたしはそういう気分で生きてきた。

若かりし日、二十代は修業、三十代は猛烈に働いて、四十代になったら、その仕事を半分に減らそうと考えていた。

予定通りに行かなかったのは、二十代で修行を怠り、三十代半ばくらいまで、仕事をあまりしていなかったからだ。屁理屈ばっかりいって、社交性のない人間は、仕事先でよくおもわれないという事実に気づくのにずいぶん時間がかかった。

万が一の備えは何もない。国民年金も未加入である。「そのときはそのとき」とおもっているうちに四十代になった。

ふと経済とは気合なのではないかと考える。

もうこれで十分だという境遇になると、無理して働く気になれない。

「ほどほどの生活でいい。どっか適当なところで落ちつきたい」

そんな声がどこからともなく聞こえてくる。

ほどほどでいいという発想は、経済の敵である。人間がもっと貪欲でギトギトになってくれないと、経済はうまく回ってくれない。

たまに似たような境遇の友人と老後の話をする。

「瀬戸内海の島の一軒家を借りて、みんなで住まないか。月一万円くらいの物件があるらしいよ。畑を作って、にわとりを飼って、海で魚を釣れば、ほとんどお金のかからない生活ができるんじゃないかな」

「語学ができれば、日本の物価の十分の一くらいの国に移住するという方法もあるけどね」

友人は学生時分から「仕事のある引きこもりになりたい」と語っていた。

今は仕事があったりなかったりする引きこもりになっている。

夢は半分くらいかなう。

いろいろ考えているうちに、わたしの隠居願望は、老後の夢ではなく、「小学生のときの夏休み」を懐かしむ感覚にちかい気がしてきた。

毎年、母方の祖母がいた伊勢志摩の海のそばの家で一ヶ月くらい、ぼーっとすごしていた。

海で泳いで、釣りをして、メシを食って、寝る。毎日それしかすることがない。

そんな時間がむしょうに懐かしくおもえる。

最近、しょっちゅう停滞した気分におそわれる。どんなに怠けていても、心はちっとも休まらない。なかなか疲れがとれず、すぐ肩や腰が痛くなる。自分のピークは、人知れず、過ぎ去ってしまったのではないか。

わたしは仕事がいやだから隠居したいのではない。この先、仕事を失うのではないか、食っていけなくなるのではないか、という不安から解放されたいのだとおもう。

仮に隠居になったらなったで、現実は甘くないだろう。

仕事を失う不安から、隠居生活の元手を失う不安に変わるだけかもしれない。

それでも「隠居」という文字のはいった本を書店で見かけると、つい手にとってしまう。

（「新潮」２０１１年12月号）

フリーランスと安全

大学時代にフリーライターの仕事をはじめ、そのまま中退して、今に至る。

途中、端折りすぎた。

大学を中退した年、バブルがはじけ、仕事をしていた雑誌の休刊廃刊が相次ぎ、半失業者になった。

好きな時間に寝て起きて、古本屋をまわって、一日中、本さえ読めれば、それでよかった。ほどほどに働き、そこそこ食っていければいい、社会のかたすみでひっそり暮らしたいとおもっていた。

上京以来、髪もずっと自分で切り、毎日自炊している。外食は週に一回、どこかに出かけたときにラーメンかうどんを食うくらいである。一駅二駅なら電車に乗らずに歩く。

本業の収入が減ったら、質素倹約に励むか、アルバイトで埋め合わせる。

もっといい方法があるのかもしれないが、わたしにはおもいつかなかった。

百人いれば百通りのフリーランスの処世があるとおもうし、それぞれの適性もあるだろう。

定職についた人が、フリーランスになる場合、最初の一年がすごくたいへんだという話をよく聞く。

会社をやめたとたん、いきなり健康保険や市民税（区民税）を払わないといけないからだ。覚悟していても、焦るくらいの額を請求されるので気をつけたほうがいい。

出版の世界は、一九九六年か九七年をピークにずっと下り坂が続いている。あまり悲観したくはないが、まだ底には達していないとおもう。

フリーランスだからといって、好き勝手に、自由気ままにやっていける時代ではない。いや、そんな時代があったのかどうかさえ疑わしい。

金の切れ目が仕事の切れ目。家賃が払えなくなったら、ゲームオーバーという世界なのだ。才能があれば、いくらでも稼げるとおもうのは甘い。仕事をお金にかえる能力はまた別だ。期日をちゃんと守るとか、体調管理ができるとか、あと他人を不快にさせない程度の人あたりのよさも必要だろう。

どんなに自分の専門にたいして、勉強していたとしても、それだけでは仕事につながらない。わたしはそういうことがまったくわかってなかった。

元気があれば何でもできるとまではいわないが、健康でさえいれば、たぶん生きていける。気軽で身軽な自由業を続ける上で大切なことは、大きなケガと病気をしないことだ。もちろん、わかっていても回避できないときもあるが、その意識があるかどうかでも、多少はちがってくる。

もっとも若いころは無理がきく。わたしも一日二日寝なくても平気だったし、二日酔いでも原稿が書けた。とはいえ、そんな生活は続かない。どこかでしわよせがくる。

まずは安全第一。しかし安全策だけで乗り切れるほど、簡単ではないのも自由業の世界である。無難な選択をし続けると、行き詰まりやすい。どうしても替えの効く人になってしまうからだ。

フリーの世界に、こうすれば食っていけるという公式はない。

先行者から学ぶことは多いのだけど、同じことをやっていては追いつけない。誰にでもできる仕事は、次々と若くて体力もやる気もある新人が参入してくる。

どこかで先行者とズレたこと、まだ誰もやっていないことをやろうという気持がないと行き詰まる。

食うために必死に働いている時期は、仕事がおもしろいとかつまらないとか考えている余裕がない。ちょっと生活が安定した時期が危険なのである。

安定した生活を守るために、あまり気が乗らない仕事をこなす。

いろいろやりたいことが頭に浮かんでも、目先の仕事を優先してしまう。自己模倣したり、迎合したりすることの安楽さをおぼえる。今の仕事と関係ないことが無駄におもえてくる。だんだん遊ぶことがしんどくなる。遊ぶひまがあったら、体力を温存しようと……。

何もしなければ、お金もつかわなくてすむし、ケガもしない。

安全運転を心がけているうちに、「なんでこの道を走っているんだっけ」と戸惑うことがよくありました、わたしも。

そうなったときにどうするか。打開策はあるのか。

とりあえず、旅行するくらいかなあ。

知らない場所に行くと、気分も変わる。好奇心も取り戻せる。

旅行すら面倒におもえるようになったら、たぶんおしまいだと考えている。

（『仕事文脈』第4号、2014年）

働かない方法

フリーターになる人は、心のどこかで「あくせく働くことになんの意味があるのか？」という疑問をもっていたりする。

三田詒智郎《いちろう》著『働かない人達』（笠倉出版社）は、ホームレス、家賃収入で安楽な暮らしをしている人、愛人……さまざまな年齢、境遇の「働かない人」をつづったノンフィクションなのだが、心にしみる文章で、ひとりひとりの半生は、上質な短篇小説を読んでいるかのような味わいがある。

たとえば、新聞の折り込み広告会社で営業をしていたが、あまりの激務に「このままじゃ殺される」とおもって、会社をやめた路上生活者（二十三歳・男）はいう。

「なんつーの、高い車乗って、高いもん買って、高いもん喰って。そんな奴等いっぱいいるわけじゃん。でさあ、俺は朝から夜中まで働いて、安い給料の中から税金やらなんやらかんやら引かれて、二十万いかなくて。家賃払って、また、なんやらかんやら払って、喰いたいもんも、買いたいもんも我慢して、貯金もできなくてそんな暮らししててさ。なんでだよ。やっぱ、おかしーと思うわけよ」

一方、親の経営している不動産管理会社をひきつぎ、ただ毎月預金通帳に振りこまれる家賃

（五百万円くらい）を見るだけという人（三十二歳・男性）もいる。

「必死になって何かやるって感覚を味わってみたいんだよ。それがどうしても見つけられない。たまに、すごく辛くなる時があるよ」

ある人はひたすらマジメに働いてもまったく報われない生活を送り、ある人はなんの苦労もなく、裕福な暮らしをしている。

世の中、不公平である。

でも夢や目標のない金持ちと夢や目標のある貧乏なフリーターとではどちらが幸せかはわからない。

（「クイック・ジャパン」２００５年3月）

ぼくはお金を使わずに生きることにした

マーク・ボイル著『ぼくはお金を使わずに生きることにした』（高田奈緒子訳、紀伊國屋書店）は、イギリス在住の二十九歳の青年が一年間お金を使わずに生活をした記録である。タイトルを見たとき、ソローの『森の生活』みたいな隠棲っぽい暮らしを想像したのだけど、その試みと主張はかなり過激だ。

大学で経済学を学んだあと、オーガニック食品の業界で働き、フリーエコノミー（無銭経済）運動をはじめる。

彼は「カネなし生活」を志した動機について次のように語る。

「ぼくは疲れてしまったんだ。毎日起きている環境破壊を見聞きし、ちょっとでもそれに加担することに。どんなに倫理性を標榜する銀行であろうとも、限りある地球上で限りない経済成長を追求している存在に対し、自分のお金を提供することに」

そして「世界を変えたければ、まず自分がその変化になりなさい」というマハトマ・ガンディーの教えを実践するため、「お金との決別」を志す。お金を使わない生活＝貨幣経済の否定なのである。

何かと理屈っぽいのだが、けっして頭でっかちではない。その情熱と行動力はプロアスリートの自己鍛練にも通じるような厳粛さと禁欲さも見られる。（悪い意味ではなく）「若いなあ、元気だなあ」と感心しきりであった。まず「カネなし生活」をはじめるにあたり「金銭の授受をしないこと」「化石燃料不使用」「料金前払いなし」といったルールを決める。

その準備段階で「フリーサイクル」のサイトに「求む、住居。テント、ゲル、トレーラーハウスなど、種類は不問」と投稿したところ、トレーラーハウスをただで譲りうけることになった。トレーラーハウス内の暖房はロケットストーブ。木が腐敗するときに排出されるメタンガスは、二酸化炭素の二十倍の地球温暖化作用があるため、木は腐らせるより燃やしたほうがいいそうだ。

食糧は、自家栽培、あるいは誰かのために一日まじめに働いて、前もって決めたわけではない量の食べ物を受けとる。ゴミ箱、廃棄食品の出る店や企業など、様々な入手先も前もって確保している。ちなみに、彼はあらゆる動物性食品を避ける厳格な菜食主義者の「ビーガン」でもある。

お金を使わない生活するためのアイデアを紹介し、実践してみせるのだが、読んでいるうちに、この本の趣旨とは別の感想を抱いてしまう。「やっぱり、お金があったほうが楽だし、便利だよな」と……。

「カネなし生活」では、病気になったら困るし、ケガもできない。彼の理想の生き方は、ものすごく健康で体力がなければ成り立たないのだ。毎日腕立て伏せや腹筋を百回くらいやったり（一日二セットやることも）、ただで食べ物を手にいれるため、自転車で数十キロの距離を往復したりする。

つまり誰にでも持続可能なライフスタイルではない。

「みずから与える精神を持って日々を生きれば、必要な物は必要なときにきっと与えられる」生きていく上で、ほんとうに必要な物が何か。どうすれば、もっと自由に生きることができるのか。分かち合いは資源の節約にもなり、まわり道だけど、人と人を結びつける力にもなる。

「多くの人に影響を与えた二〇世紀初頭の政治哲学者にして社会運動家エマ・ゴールドマンは、かつてこう言った。『踊れなくなるような革命などに加わりたくない』。みずから選びとった簡素な生活は、退屈なものとは限らない。それどころか、日々楽しくてしかたがないくらいだ」

マーク・ボイルの「フリーエコノミー」運動は、社会主義、無政府主義、ヒッピー・ムーブメントなどの流れを継承している。日本人でいえば、窮民革命の太田竜と似ているかなともおもった。とくに厳格な菜食主義、自然食への傾倒や国際金融支配にたいする批判、理想の追求の仕方など、極端すぎるかんじがそっくりだ。

「世界を変えたければ、まず自分がその変化になりなさい」というガンディーの教えを愚直に実践する清々しさ、難易度の高い試みを実践し続ける意志の強さはほんとうに素晴らしい。

（「図書新聞」２０１２年6月30日号）

草食系の不買運動

今年「草食系男子」という言葉が流行した。

異性にたいしてがつがつしない、二十代から三十代のおとなしい男性といったような意味（かつてはヤギ男＝草食系、トラ男＝肉食系ともいった）だけど、彼らは恋愛にかぎらず、物欲もあまりないのではないか。

三浦展《あつし》著『シンプル族の反乱――モノを買わない消費者の登場』（ＫＫベストセラーズ）、松田久一著『「嫌消費」世代の研究』（東洋経済新報社）という本を読み、若者の草食化は消費活動にも及んでいることを知った。

いずれも今の若い人たちの「ものを買いたくない」という心理を分析した本である。

三浦展はモノを買わない「シンプル族」が出現してきた背景として、「すでに生活が豊かであり、物が豊富にあるので、急いで買う必要がない」「将来に不安があるので、貯蓄に励み、物を買わない」「インターネットが発達したので、情報だけで満足するようになり、物は買わなくなった」「環境意識が強まったので、無駄な消費をしなくなった」といった理由をあげている。

その特徴は――。

節約意識が高く、ゴミになるものを嫌う。生活の細部にこだわる。自然なものが好きで、プラスチックが嫌い。間に合わせのものは買わない。自分で物や料理を作るのが好き。古いものが好き。

わたしの学生時代は、友人の下宿に遊びに行くと、テレビがあり、ステレオがあり、ゲームがあり、カラーボックスがあり、パイプベッドがあり、ところせましと本や漫画やレコードが山積みになっていた。

いわゆるオタク部屋である。金のあるなしに関係なく、ごちゃごちゃしていた。

今はすっきりと片づいた部屋に暮らす若い人が増えている気がする。

そうした意識をより明確にしているのが、「嫌消費」という言葉かもしれない。

クルマはいらない。大型テレビもいらない。とにかく支出を減らしたいというのが、「バブル後世代」（一九七九年〜一九八三年生まれ）に見られる傾向だという。

景気回復の兆しが見えない。現在住んでいる場所にずっと居続けられるかもわからない。それゆえ身軽でいたい。ものをあまりもっていなければ、引っ越しも楽だ。金のかかる娯楽にも興味がない。日々ほどほどに平穏で、消費にあくせくせず、そこそこ楽しければいい。

そうなると、消費社会はまわらない。ますます、不況になる。もっと消費しろといわれても、いらないものはいらない。

増量や新機能は無駄。派手な柄や飾りも無駄。

ものをもちたくない人にとっては、これまで「お得」だとされてきたことが、逆効果なのだ。むしろ「お得」という感覚そのものが、かっこわるいものになっているともいえる。

ものが少なくても、不便ではない。そもそも便利さをそれほど望んでいない。身軽な生活のほうが、快適なことに気づきはじめている。

これは一過性の流行ではない。

想像力の食事

本を読んでいて、そわそわして落ち着かない。

頭に何も入ってこない。

そういうときは外に出て、近所の古本屋をまわって、夕飯の食材かなんか買って、すこし遠回りして、家に戻る。それだけですっきりする。

『森の生活』のヘンリー・デイヴィッド・ソローに「からだと同じように想像力にも食事を与えなければならない」という言葉がある。

ずっと想像力の食事とは何だろうとおもっていた。

もしからだと同じだとすれば、満腹のときには、想像力の食事はいらない。

おなかが空いていないときはメシを食わなくてもいい。

忙しい日々をすごしていると、空腹の感覚を忘れがちになる。

ここ数年、いくつかの失敗を重ねてようやくそのことに気づいた。

原稿を書くために、たくさんの資料を集める。しかし、集めすぎると書く気がなくなる（先行研究の充実度に圧倒されたりして……）。

想像力のためには適切な空腹が必要なのかもしれない。

シンプルに、シンプルに、生きよう。すべきことは百や千ではなく、二つか三つでいいのだ。

（『ソロー語録』岩政伸治訳、文遊社）

たぶんわたしは物事をむずかしく考えすぎてしまう癖がある。もっと自分の体感に従って生きたほうがいいようにおもう。いまだにその加減がよくわからないのだが、ちょっと足りないくらいでスタートして、行き詰まったら、想像力の食事を補給することにした。

文壇高円寺以前

「フリーライターは名刺と電話があれば、誰でもなれる」

どんな仕事にもいえることかもしれないが、五年、十年と続けていくためにはどうすればいいのか。

社交性があって、能力の高い人なら、それなりの努力で食っていける。

社交性がなく、才能も未知数の場合、「人とはちがう何か」を身につけるための特別な努力が必要かもしれない。

ちょっとものを知っている。ちょっと文章が書ける。それだけではちょっと足りない。

二十代のころ、神保町や中央線沿線の古本屋通いをしているうちに、私小説の棚が気になるようになった。

尾崎一雄、川崎長太郎、上林暁、木山捷平……。

最初は「なぜこの作家の本はこんなに高いんだろう」という疑問だった。

たぶん何かあるにちがいない。

次々と私小説作家の著作に手を出すようになった。

当時、尾崎一雄の全集は十五万円くらいした。そのころのわたしの月収と同じくらいだ。

さらに身の程知らずにも、全集だけでなく、単行本も集めようとしたから、出費はかさむいっぽうだった。

貯金もなく、将来も見えない。

生活の底が抜けそうになっていた。

引き返そうにも、どこに戻ればいいのかすらわからない。

しかし尾崎一雄のある小説の一行が自分の行く先を照らしているようにもおもえた。

尾崎一雄の「退職の願い」(『暢気眼鏡』新潮文庫)に、「昭和の初め頃までの社会通念として『文学を志すとはそのまま貧窮につながることだ』というのがあった」という一文がある。

　大多数の者は中途で離脱し、頑張る者は窮死した。極く少数の才能あるものが名を成したが、それらも概ね夭折した。(中略)私は、才能が無いくせに中途離脱せず(というより、他に行きどころが無くなって)頑張った組なので、あわや窮死という状態に立ち至った。

わたしが上京した一九八九年ごろはバブルの最盛期だったが、それでも文学で食っていけるとはおもえなかった。ただし、当時は三、四日アルバイトをすれば、生活に困らないくらいの収入になった。

大学を中退し、就職せず、ライターになったのも「いざとなったらバイトすればいい」と考えていたからだ。当時のわたしは風呂なしアパート暮らしで、食事はほぼ自炊していたから、月十万円くらいあれば、どうにか暮らせた。

趣味も古本だから、売ったり買ったりすれば、ほとんどお金がかからない。

しかし世の中が不況になり、自分も齢をとる。

三十路前になって、さすがにこのままではまずいとおもいはじめた。とはいえ、これまでまともに働いたことがない。

自分の条件（能力や経済事情）でもっとも持続可能な方法は何だろう。

いろいろ考えた末、原稿料だけで生活するという目標を諦めた。

家賃と光熱費と食費はアルバイトで稼ごう。とにかく生活の持続を最優先に考えよう。

最低限の生活費をアルバイトで作っておけば、好きなだけ（お金にならない）文章が書ける。

以来、古本好きのフリーターとして文章を書くようになった。ひたすら中途離脱しないことだけが目標の日々をすごした。

年輩の同業者からは「今はよくても将来どうするんだ」と心配された。

わたしは十代後半からフリーライターをはじめ、三十歳のときには十年選手だった。

さすがに十年くらいやっていれば、自分の力がだいたいどのていどなのかはわかる。

これまでは若い書き手というだけで食ってこれたけど、このままでは通用しなくなると漠然とかんじていた。

バブルがはじけ、不景気になって、自分の関わっていた雑誌が次々と休刊、廃刊になった。世の中には、あんまり儲かっているようには見えないけど、潰れない店がある。そのころの自分はそんなふうなかんじで食っていけないかなあと考えていた。

古本が読めて、たまに友人と酒が飲めて、寝たいときに寝る。あと年に数回、旅行（国内）ができれば、それでいいかな、と。

でも、その欲求は、年収百八十万円（月十五万円）くらいで実現する。

「老後はどうする？」

「病気や怪我したら？」

「子どもができたら？」

半年後、一年後のこともわからない生活をしているのだから、先のことを考えてもしょうがない。そう開き直ったら、ちょっと楽になった。楽になったが、漠然とした不安が解消されるわけではない。

わたしが仕事をはじめたころはインターネットもなかったし、携帯電話なんかごく一部の人しか持ってなかった。

この二十年くらいで世の中はけっこう変化した。

将来を固定してしまうと、そうした変化に対処できなくなる。

仕事がなくなったら、新しい仕事を作るか、別の仕事を見つけるか。そのどちらかしかない。自分の能力と条件に応じて、そのどちらかを考え続ける。

できれば「ちょっと休む」という選択肢もほしいのだが、それは今後の課題である。

住まいの話

どこに行っても古本屋めぐりのついでに不動産屋の張り紙も見るのが癖になっている。夜中、仕事に疲れたら、現実逃避に不動産屋の賃貸情報を見る。もっと家賃の安いところに引っ越せば、楽になるかもと考える。

上京した年——一九八九年ごろとくらべると、高円寺の家賃もずいぶん下がった。鉄筋で風呂付の部屋が五万円以下というのは昔は考えられなかった。

近所に書庫兼仕事部屋（風呂なしアパート）を借りて六年ちょっとになる。最初の単行本（『古本暮らし』晶文社）の印税を敷金礼金にあてた。ちょうどその年にいくつかの雑誌で大量の資料を必要とする連載が決まり、心おきなく本を買える状態にしておきたかったのである。

住居のほうは妻と家賃を折半しているのだが、ときどきポストに投函される中古マンションのチラシを見ると、「買ったほうが安いのではないか」と考えてしまう。でも細かく見ると、修繕費やら管理費やら固定資産税やらもふくめて計算すると、たいして家賃と変わらないような気もする。

わたしは生まれも育ちも長屋だったから、いわゆる持ち家で暮らしたことがない。住まいというものは家賃を払って移り住むものだという感覚が身にしみついている。その感覚はもはや自分の一部になっている。

住まいの問題は出自や人生観にも根差しているから、単純に損得だけでは考えることはできない。

そもそも何が得で何が損なのか、考えれば考えるほどわからなくなる。

一九八〇年代末のバブル期に都内のあちこちにワンルームマンションが建てられた。風呂トイレ洗面台のいわゆる三点ユニット付の十平米〜十五、六平米の部屋で当時の家賃は月六、七万円（高円寺）くらいか。駅近なら七万円台後半という物件もあった。

そのころ、わたしは築三十年くらいの風呂なしアパートに住んでいた。二部屋（四畳半・三畳）、台所トイレ付で三万円台だった。

お金はないが古本があるので、安くて広くて壁の多い本棚がたくさん置ける部屋に住みたかった。この部屋は一階から二階に専用階段もあった。快適だったが、ネズミに大切にしていた古本をかじられ、あまりのショックに引っ越すことにした。

バブル期というのは一九七〇年生まれ前後の十八歳人口のピークと重なる。

当時はワンルームマンションですら、都内で購入すれば、都心では二千万円くらいだった気がする。それが今は五百万円台、地方だと百万円台で売っていることもある。

現在、新しくワンルームマンションを作る業者はほとんどない。少子化の影響もあり、都内の賃貸物件は供給過剰になっている。借りる側も風呂トイレ別のほうがいい。その結果、ワンルームマンションの需要は減り続けている。

一時期、利回り何%をうたい文句にしたワンルームマンション投資の広告をよく見かけたが、もしほんとうに儲かるのであれば、人に売らず、業者が自分で賃貸していたにちがいない。

わたしも仕事部屋を借りるときに「もしかしたら、部屋を借りずにその分貯金したら、中古の激安ワンルームなら五、六年もすれば、買えるんじゃないか」と考えたことがある。

ただし買ってもそれで終わりではない。管理費と修繕費、税金その他で、毎月二万円ちかくかかる。水回りなどのメンテナンスも自費だし、災害などの不安もある。

おそらく同じくらいの部屋を借りた場合と比べ、十年か十五年くらい住まないと収支がプラスにならない。十五年後、築二十五年のワンルームは築四十年である。

十五年後のわたしは還暦——たとえワンルームであっても自分で所有しているものであれば、失業したときに宿なしになることは避けられる。いっぽう買わずに貯金しておいて郷里に帰るという選択肢もないわけではない（できれば避けたいとおもっているが）。

この先、人口も減るし、自分が年寄りになったときは高齢者向けの物件も増えているにちがいない。

今、焦って決める必要はない。

不動産屋のホームページを見ながらそんなことを考えていた。

わたしの希望する高円寺の物件は買えないことがわかった。

自由業者の生存戦略

いちども就職したことがないせいか、わたしのまわりの友人知人もフリーランスが多い。

そういう仕事（非勤め人）をしていると、「たいへんでしょ」とよくいわれる。

仕事をはじめたころから、不安定な生活をしている身としては、お金があったりなかったりというのが当たり前のことになる。

お店をやっていて、雨とか雪とか台風の日には、売り上げはさっぱりという感覚にちかいかもしれない。

先月と比べて、収入が倍になることもあれば、半分になることもある。困ったことに、ゼロになることもある。

当たり前だけど、ゼロが続くと食っていけない。

だから、まず考えるのは、最低限の収入の確保である。

最低限の収入が確保できたら、かなり時間の使い方は自由になる。もっとお金がほしければ、仕事を増やせばいいわけだし、その必要がなければ、やりたい仕事だけやって、遊んだり休んだりしてもいい。

そういう意味では、昔ながらのその日暮らしである。

戦前の一時期、新興芸術派の文士たちは株をやっていた。中にはのめりこみすぎて筆を折った文士もいる。

言論弾圧が今よりもはるかにきびしかった時代に、前衛表現をやろうとすれば、表現の舞台は同人誌になる。同人誌では食っていけない。食っていけないと続けられない。

株の売買の利ざやで儲けようというのもあれば、株の配当金を定収入にして、好きな文章を書いていこうとおもっていたかもしれない。

結果論でいえば、彼らの選択は成功したとはいえない。数年後、日本がアメリカと戦争して負けて、ほとんど財産を失っている。真面目にこつこつ貯金していた人も、戦後のインフレでお金は紙クズになってしまった。

逆にずっと貧乏だった中央線文士は、戦前から戦後の混乱期をけっこう生きのびている。もともと生活水準がそんなに高くなかったことや生活の危機の場数をたくさんふんでいたことが幸いした。

質屋となじみになっていたり、ツケで飲み食いできる店があったり、困った者同士が助け合ったり、彼らなりのセーフティーネットのようなものがあった。

また経済面のことだけではなく、多様な価値観を許容する寛容な「場」に救われることもあったとおもう。

たとえば、中央線文士のKさんは仕事中に小銭をにぎりしめて町に出かけて何の役にも立たない軽石を買ってきたり、銭湯に行って一風呂浴びて、そのあと下駄の上に座ってぼーっとアイスキャンディを食べたりする。

Kさんは仕事量もすくなく、作るものはあまり売れない。

もしKさんが勤め人だったら、完全なダメ社員だろう。

しかし文壇ではKさんは「飄々とした作風」などと評され、同業者のファンは多かった。生前はずっと貧乏だったけど、没後の評価も古書価も高い。

Kさんの友達には、女癖がわるくて金銭感覚がめちゃくちゃで方々に迷惑をかけまくったDさんという作家がいた。

そんなDさんですら「しょうがない奴だなあ」といわれながらも一目置かれていた。

今の出版の世界は、すこし、いや、かなり市場合理性が求められるようになってきているので、KさんやDさんのような作家は出てきにくい。

それでも自由業の世界では、会社員だったら欠点にしかならないような怠惰さや金銭感覚の欠落も、ほめられはしないが、それによって全否定されることはない。

行きつけの古本屋や飲み屋が、開店時間になっても店のシャッターが降りていたり、定休日でもないのに何の予告もなく休んだりしても、すくなくともわたしは「こんな店、二度と来るか」とはおもわない。それはそれで、その店のよさでもあるとおもうからだ。

ときどき、就職活動中の学生や会社をやめてフリーになりたいという若い人に会うと、「どうすれば食っていけるようになりますか」と聞かれて、いつも返答に困る。すぐ結果が出るような方法があるならわたしも知りたい。

ただ、食えないときにどうやってしのぐか。仕事がうまくいかないときにどれだけ楽しめるか。

そんなことを考えながら、西部古書会館の古書展に行ったら、鶴見俊輔、野村雅一『ふれあう回路』（平凡社、一九八七年刊）という本が目に入った。

『ふれあう回路』の冒頭では、堺利彦、山川均のことが語られる。野村雅一が明治の社会主義者は観察が細かくて文章がうまかったといい、鶴見俊輔はふたりとも明治の暮らしの気分、商人の気分を受け継いでいるというような話になる。

ところが、時代が進むにつれて、学問の力が強くなり、商人の気分があまり尊重されなくなってくる。

そして話題は脱線し、飛躍する。

鶴見　私は毎日ものを買いに出るんだけど、私の住んでいる岩倉で、同種のものを商っているうちが三軒か四軒ある。そうすると、自分の足が向くのはそのうちの一軒ですね。なぜ、その一軒を選ぶかというと、別に長話をするわけではなくて、二言三言なんだけど、そこへ行くとだんだん元気が出てくるような人がいる。つまり、人生の応援歌みたいな感じがする人がいるでしょう。言葉に花があって、それがおまけなんだよね。机の上で経済学者が商行為といってとらえているのとはちょっと違って、やりとりがあるわけでしょう。

店をやっている側からすれば、原価や利益を考えなくてはならない。鶴見俊輔のいう「商人の気分」には、数値化できない「ゆるさ」「大らかさ」のようなものが含まれている。自由業を長く続けていくには、才能や運も必要だろう。才能とは何かについては、一言ではいえない。

プロの世界は、仕事における能力面だけでいえば、たいした差はない。だとすれば、いっしょに仕事をして楽しいかどうか、元気になるかどうか。いわゆる「人柄」みたいなものはかなり大切な要素といえるかもしれない。

自分のまわりの自由業者を見わたすと、かならずしも「人柄」がいいといえるかどうかは疑問だ。むしろ何かと問題がある人（自分も含む）のほうが多い気がする。

ただ、そのかわり「商人の気分」ではないけど、つい「しょうがない奴だなあ」と笑って許さずにはいられないような愛嬌（まぬけさ）を持ち合わせていることが多い気がする。

中央線文士のKさんこと木山捷平、Dさんこと太宰治もそうだったとおもう。

三年半

一週間があっという間にすぎる。時間が経つのがはやくかんじるというのではなく、一週間という時間の中で「自分はたったこれだけのことしかできないんだ」という気分もある。

今週、連載の原稿を二本、短い書評を一本書いた。仕事の打ち合わせもした。誇れるような仕事量ではないが、以前と比べれば、これだけでもずいぶん働いている。そのあいだ、何冊かの詩集と漫画を読み、夜はラジオでプロ野球のナイターを聴いた。二日、外で酒を飲んだ。神保町にも行って、新刊書店と古本屋をまわった。

食事はほぼ自炊、二日に一度くらいのペースで洗濯もした。ゴミもちゃんと出した。

そんなかんじで一週間がすぎて、一ヶ月がすぎ、一年がすぎてしまう。

東日本大震災から三年半、そして9・11同時多発テロから十三年——。十三年前でさえ、ついこのあいだのことにおもえたり、三年半前がずいぶん昔のことにおもえたりする。

十三年前のわたしは独身だった。高円寺にいて、今と同じくフリーライターをしていた。

それからいろいろ本を読んだり、おもしろい人と会ったり、世の中のこともすこしは考えたりしてきたけど、「何もできないわけではないが、できることは限られている」という実感は深まるばかりだ。

震災後しばらくは都内でさえ、原発事故の影響がどのくらいあるのかわからなかった。

今でも、確信をもって安全だといいきる自信はない。大きな震災と原発事故が起きても、日本は世界有数の豊かな国であり、治安に関してもかなり恵まれた国である。水や食べ物だって、安全なほうだろう。

でも今後はわからない。人口が減って、地方の過疎化も進み、今より格差は広がっていくだろう。

自分の仕事もどうなるかわからない。出版界がどうなるかもわからない。

ここ数年、わたしが理想の暮らし方としておもいえがいているのは「半農半筆」の生活である。半農の「農」の部分は別に「農業」でなくてもいい。収入の半分くらいを別の仕事で稼ぐことができれば、今の仕事が半分になってもどうにかなる。

逆に収入が半分になるかわりに、仕事の時間も半分になって、残りの時間でいくらでも副業してもかまわないというオプションがあれば、そういう働き方を選ぶ人もいるとおもう。

ひとつの会社、ひとつの職種をまっとうする（依存する）という道だけでなく、もうすこしいろいろなことをしながら適当に食べていける道があってもいい。

そのためにはもうすこし「身軽」になる必要もある。

どうやって身軽さを保つかという問題もある。

父の本棚

田舎で年金生活を送っている父は、勤め人だったころは早朝に社名のはいった作業着のまま、バスで鈴鹿サーキットのちかくにある本田技研の下請けのさらに下請けの工場に行って、毎晩遅くまで働いていた。

ケガをしても風邪を引いても仕事を休まない。

子供心にも「サラリーマンはたいへんだなあ」とおもった。

父の本棚には山口瞳の本が並んでいた。

本棚にはアンクルトリスのつまようじ入れが飾られていた。ふだんは芋焼酎なのだが、たまに角の水割をうまそうに飲む。

油まみれになって働いている父は、いつも疲れていた。毎日がつまらなさそうだった。友達もいなかった。

子供のころは、ずっと父の本棚に近づかないようにしていた。おもしろそうに本を読んでいる姿を見たことがなかったからだ。

マジメに生きていても、ちっともいいことがなさそうだ。

父がその見本である。働いてばかりで、家に帰ってきても、酒を飲んで、本を読んで、寝るだけだ。

無口で無表情で何を考えているのかわからない。

ただし親としては、温厚ないい親だった。怒ったところを見たことがない。

父はわたしが生まれた年に本田技研をやめている。どうしてやめたのか、いまだにわからない。

「あんたが生まれたころ、どんなに大変だったとおもってるの。お父さんは見栄っぱりで失業保険を貰いに行かないし、親類縁者の誰も助けてくれなかったのよ」

母はよくそうこぼしていた。わたしが怒られているときも、いつの間にか話はそういう流れになる。

その横で父は黙って酒を飲んでいる。


十数年前に帰省したとき、父の本棚から山口瞳の本を何冊かぬきだした。

その中の一冊に『新入社員諸君！』（ポケット文春）がある。

当時のわたしは大学を中退し、三十歳をすぎても、アルバイトをしながら、気が向いたときに原稿を書くという生活を続けていた。

「新入社員よ、ボヤキなさんなよ。ブウブウいうなよ。キミタチは新人なんだよ。一所懸命やれよ。勉強しなさいよ。勉強といってもいろんな勉強があるんだよ。それを知ることが勉強なんだ」

父と山口瞳の両方から叱られているような気がした。

わたしにとってキビシイことばかり書いてあった。

東京帰りの新幹線の中で読んでいると、本のあいだに便箋がはさまっていることに気づいた。

住所は本田技研の寮になっている。

わたしの生まれる前、父が二十六、七歳のころに書いたものだろう。

それは若き日の父が山口瞳に送ろうとして、送らなかった手紙である。

書きかけの便箋の裏には「男らしさとはヤセ我慢」と記されていた。

その一言に父の人生がつまっているようにおもえた。

父は五歳のときに台湾から引き揚げ、鹿児島に移り住み、小学生のころから新聞配達をはじめ、ずっと働きながら学校に通い、定年後も小さな工場で溶接の仕事をしていた。

山口瞳の行きつけのカウンターのあるようなバーで酒を飲んだこともないとおもう。ぜいたくを知らない。怠けることを知らない。

父の苦労を息子は知らない。

あいかわらず、わたしは我慢や忍耐が苦手で怠けてばかりいる。

それでも昔よりはおだやかになったとおもうし、約束を守りたいという気持も強くなった。

気がつくと、わたしは酒を飲んで、本を読んで、原稿を書いて、寝るだけの生活を送っている。

酒は、角の水割ばかり飲んでいる。

冬の朝になると、父と同じ咳が出る。

（「ウイスキーヴォイス」２０１０年　冬　40号）

2 古本の時間

神保町「二階世界」巡り

ときどき神保町、あるいは都内各地の飲み屋で坂崎重盛さんを見かける。年齢不詳、大正時代の探偵みたいな風貌。見るからにあやしい。つかみどころがないというか、つかませようとしないかんじがする。

文学の話も出てきたかとおもえば、「人生のことなら(といっても、まず異性のことでしょうが)本などからではなく、ホラ、あの娘に当たって痛い目に合ってみろ、という塩梅でした」と、軽妙な不真面目さで煙に巻く。

「その場、その場の気分、生まれたばかりの未整理の言いまわしや発想を大切にする」『神保町「二階世界」巡り及ビ其ノ他』(平凡社)は、そんな「遊び」に満ちた雑文の集大成だろう。

半村良が出てくる。正岡容《いるる》が出てくる。吉田健一が出てくる。安藤鶴夫が出てくる。山田風太郎が出てくる。

神保町の「二階」は迷宮であり、異界である。

坂崎さんが語る異界は、目に見えない様々な呼吸がわかっていないと入れない。場数をふんだ軽みがあって、はじめて自在に行き来できる、そんな世界。よそ者、素人をどこか近よらせない雰囲気がただよっている。

裏通りの入り口でうろうろしている人を見つけると、そっと手まねきして、途中までは連れていくのだが、しばらくすると、知らん顔してどこかへ消えてしまう。

遊び人の本領といえるだろう。

もちろん、遊び好きであると同時に、筋が通っていること、気骨や律義さが大好きな人でもある。いいかえれば、従順さと損得勘定が大嫌いな人ともいえる。

「世間と自分の間合いがわからない不良、反骨の意気が胸の内に持続しない不良など、真の不良ではないだろう」（「池波正太郎――滋味も華もある、まっとうな不良性」）

大人のかっこよさとおもしろさと奥の深さを綴る。同時に、中途半端さ、未熟さ、無自覚さをそれとなく痛罵する。

油断して読んでいると、羞恥のすり傷がしみ、頭をかかえ、小声でうめくことになる。

怖い本である。

正統と異端、メジャーとマイナー、そうした境界がなくなりつつある、いや、ないのも同然の世の中になると、二階世界や路地の薄暗がりにも人が押し寄せるようになる。あちこちの路地が壊され、墓場みたいなビルが建つ。

原東京ッ子の姿勢には、「大ゲサでなく、いばらず、余計な気取りがなく、さりげないことへの共感」があるという。

今の東京はその反対のものにとりかこまれている。

懐古癖と蒐集癖にとりつかれた雑文家は、消え行く町のよさを書きとめずにはいられない。ときには、あえてさりげなさを捨て、手放しで称賛する。このテーマで一冊になりそうだなとおもうようなことを惜しげもなく、短文にする。

どうすれば、つまらない中高年にならないでもすむのか、好きなことをやって生きられるのか。

教えられることは多いのだけど、ほんとうにわかるようになるには、とほうもなく時間がかかる。

自らの半生をふりかえった「偽隠居の方丈生活史」によれば、「小・中学生の頃は、切手や植物採集。高校に入ったころから、東京に関する古書や浮世絵の端物。大学時代の一時はＪＡＺＺに熱中したのでコレクションの方は手薄になったが、それでも木村荘八の随筆集や三田村鳶魚《えんぎょ》の大正時代・昭和初期の刊行物などを集めていた」そうだ。

坂崎さんの「遊び」は、あてのないことをするおもしろさに満ちている。「そんなことやって何になるの」とたずねるのは愚問である。

それにしても「『焚き火系』文芸」にはおどろいた。こんな本の読み方もあるのかと。

（「図書新聞」２００９年12月12日号）

『焼酎詩集』のこと

枕もとに富士正晴編『酒の詩集』（光文社カッパブックス、一九七三年刊）があって、何の気なしに読み返す。そのときそのときひらいた頁を眺めるといったかんじで。

よく目に止まるのは及川均の詩である。この本に三篇収録されている。いずれも好きな詩だが、中でも焼鳥が出てくる詩が気にいった。

いつごろ書かれた詩なのだろう。ほかにどんな詩を書いているのだろう。そのうち古本屋で安く見つけたら買ってもいいかなとおもっているうちに月日が流れた。すぐにわかることを調べないのは怠惰なだけかもしれないが、別に早く知ることが目的ではない。

チュウのにおいは鼻をつき。
ぼくら。めでたく。ここにこうしているだけなのだ。
みたまえ。
時空は漠たる一個の物体となり。

みたまえ。
アルコホルに漬かった臓物どもは歓喜して。
焼鳥なども食いたがる。
だいじょうぶ。小銭はまだあるはずだ。
焼鳥もろとも。
ここに。こうして。堪えるのだ。
（「焼鳥もろとも」抜粋）

いつ頃、書かれた詩なのだろう。どこらへんで飲んでいたのだろう。わたしが住んでいる高円寺にも焼鳥屋は多い。日中から酒を飲んでいる客も多い。

この詩を知ってから十年くらい経って、ようやく学生時代の知人が働いている古本屋で『及川均詩集』（青土社、一九七一年刊）を見つけた。しかも色川武大宛の署名本だった。安くはなかったが、すこし値引きしてもらった。

「焼鳥もろとも」は『焼酎詩集』（日本未来派刊行、一九五五年刊）に収録されていることがわかった。どうしても原本がほしくなって、インターネットの古本屋で注文した。

あとがきには「一九四八年から一九五三年にわたる彼及び彼らの不幸の所産というべきであろう」とある。

一九一三年二月一日岩手県胆《い》沢《さわ》郡《ぐん》姉《あね》体《たい》村《むら》（現在は奥州市）の生まれ。ということは、『焼酎詩集』の詩は三十五歳から四十歳のときの作品である。

いずれも二行もしくは二行数連という構成でリズミカルで愛誦しやすい。ライトヴァースといってもいいような作品である。

どうにも輓近きゅうくつで。
ご存知のように不如意不随意。

しばらく軒昂を祝うには。
決してこれにかぎりまする。

一杯のあとにはまた一杯。
その一杯のあとにまた一杯。

胃の腑が承知しないまでは。
しかたがないから飲むまでです。
（「わきめもふらず。ジグザグに」抜粋）

新書サイズの薄い『焼酎詩集』の冒頭付近に黒い丸眼鏡のネクタイ姿で煙草に火をつけようとしている瞬間の著者近影（撮影・緒方昇）があった。穏やかそうなインテリ風、もっとだめなかんじの酔っ払いかなとおもっていたので、ちょっとイメージとちがった。よくあることだが。

及川均は岩手県師範学校を卒業後、水沢小学校で先生をしていた。その後、一九三〇年代後半に北京で暮らしたり、再び岩手に移り住んだりして、一九四九年一月、まもなく三十六歳というときに上京する。

『焼酎詩集』を刊行したころの及川均は四十二歳だ。

あとがきによれば、この新書サイズで六十頁の詩集を作るために北海道の醸造会社や友人らに借金したらしい。

いろいろつらいことはあるけど、生きていて酒が飲めればそれでいいではないか。ここでこうして、酔っぱらっているだけ、それで十分。

及川均の酒の詩にはそんなおもいがこめられているような気がする。

ほかにも手がかりはないかと部屋中の詩の本を漁る。

小田久郎《きゅうろう》著『戦後詩壇私史』（思潮社、一九九五年刊）の巻末の人名索引に及川均の名前があった。

一九七四年ごろ、思潮社の小田久郎は草野心平がやっていたバー「学校」で及川均と会う。及川のまわりには「集英社時代に及川に面倒を見てもらった三浦雅士」をはじめ十人くらいのメンバーがいた。

「及川は私にとっては出版界の大先輩であり、『現代詩文庫』の産みの親とでもいうべき存在だった（後略）」

酔っぱらい詩人のイメージがすこしずつ変わってくる。だけど、詩から受ける印象は不思議と変わらない。

酒を飲む。酔う。寝る。忘れる。

ガード下を千鳥足でふらつきながら「ぐでんぐでんの果の果の果」と呟いてみる。これも『焼中詩集』の中の言葉だ。

この詩集の奥付には「杉並区松ノ木町」という住所も記されている。もしかしたら、高円寺か阿佐ケ谷あたりで飲んでいたかもしれない。

ぼくらはこうして生きてるが。
生きてることはたのしいことだ。

杯をもて。
飲みほせ。

（「日常茶飯的」抜粋）

酔っぱらいの詩集を片手にひとり晩酌。
ただ酔うために飲む。
どうせ飲むなら愉快な酔っぱらいになりたいとおもう。その前に飲んだ翌日、落ち込む癖を直したい。

（「文學界」２０１２年９月号）

常連と一見の客

高円寺の西部古書会館に十九歳の秋から通っている。当時も日曜日の午後によく行った。百円から三百円くらいで好きな作家の随筆集や対談集、全集の端本を買い漁る。

食費と本代がせめぎ合う生活だったから、今よりずっと真剣に本を選んでいた。

年々、コンプリート欲のようなものがなくなっている。新しく何かを揃えようとおもうと、愛着のある何かを売らねばならない。

若いころに好きになった作家というのは、なかなか強力である。そう簡単には超えられない。自分の好みにしても、昔読んだ本によって作られている。白紙の状態で新しい本に向うというのは、かなりむずかしいことだ。

文章を書いていても、それはよくおもう。

そうしてはいけないとおもいながら、どうしてもこれまで自分の書いたものを読んでいる人、自分のことを知っている人を前提に文章を書いてしまいがちだ。

そうすると、はじめて自分の文章を読む人には不親切な原稿になる。はじめて自分の文章を読む人に合わせて文章を書くと、そうでない人には「またその話かよ」とおもわれる。

毎回、自己紹介からはじめるとくどくなるし、何より自分も飽きてくる。

自分のことを誰も知らないという前提で文章を書いたほうがいい。
でもマンネリになってもいけないし、敷居を高くしすぎてもいけない。
何らかの変化は必要なのだが、変化を追い求めすぎると自分を見失う。

これは店にもいえることだろう。新しいお客さんが自然になじめる店はいい店だ。昔からのメニューにたまに新しいメニューがはいる。あまりにも頻繁にメニューが変わると、昔からの客は離れていく。

常連と一見の客を同時に満足させるのはどうすればいいのか。

空洞

かれこれ二十年以上、わたしは鮎川信夫著『一人のオフィス——単独者の思想』（思潮社、一九六八年刊）を読み返している。

まちがいなく家にある本の中でもっとも再読回数が多い本である。

インターネットの古本屋がなかったころ、探しに探してようやく見つけた。

たまに自分が紹介した本を読んだ人に「いうほどおもしろくなかったよ」みたいなことをいわれる。好みは人それぞれである。わたしは一冊の本と出あうまでの時間も読書の楽しみだとおもっている。

その人の書いたものを何冊も読み続けて、ようやくそのすごさがわかることもある。

ペンを持てば書かんことを思い、なにがしの思いつきをあれこれと気ぜわしく書きしるしていても、時に、すき間風のような虚無感におそわれることがある。内部がすっかり空洞化してしまっているのではないか、といった不安にさいなまれることがある。

物かきが、書くことに興味と自信を失ってしまえばおしまいである。物かきとして、おしまいなだけではない、人間としておしまいであると思っている。にもかかわらず、そうした虚無感におそわれることは、しょっちゅうある。
（『たしかな考え』とは何か」）

この先も不安定な生活と精神状態は続くだろう。それでも書く興味と自信だけは持ち続けていれば、何とか乗りきれるのではないか。

一年一年、一月一月、一日一日を生きぬくことに専念し、ちょっとくらい不調でも、プラスとかマイナスとか気にしないようにしたい。

調子がよくないときは無理しない。ゆっくり休み、疲れをとる。

そのほうが回復が早い。

すくなくとも「病気やケガを治すには激しいトレーニングがいちばんだ」という意見は聞いたことがない。

自分の内部が空洞化しているかもしれないと不安になったときも、ジタバタ焦るのではなく、逆にのんびりしたほうがいい。

もしかしたら空洞というか心の空き地みたいなものがあるくらいでちょうどいいのかもしれない。

古本の時間

「古本の森は迷路だらけで、ここでは既成の地図など何の役にも立たない」（『石神井書林日録』晶文社、二〇〇一年刊）

古本屋は本のリサイクルとリバリューを担う。古本屋は目指してなる仕事ではなく、気がついたらなっている仕事。好きなことを好きなようにやってもどうにか食べていける。本を買うのはそれを欲しいとおもう自分を買うこと。素人がつまらないプロになるのは簡単、もっと面白い素人になっていくのは難しい——。

内堀弘著『古本の時間』（晶文社）の刊行を待ち切れず、前著『石神井書林日録』を再読していた。再読ではない。刊行から十二年のあいだ、しょっちゅう読み返していた。

わたしは仕事を干されて腐ると、この本を読んで「つまらないプロにはなるまい」「食えなくても自分の好きな道を貫こう」と気持を立て直した。

『石神井書林日録』と『古本の時間』は、いずれも中川六平さんが編集した本である。

中川さんは二〇一三年九月五日に亡くなった。亡くなる前日、『古本の時間』が書店で平積みになっている写真を見て喜んでいたと聞いた。

『古本の時間』は、三茶書房の岩森亀一さん、『彷書月刊』編集長の田村治芳さんの追悼文が収録されている。

「コルシカさんのこと」は、『アピエ』というリトルマガジンに発表された小説のような話。というか、素晴らしい短篇小説ですね、これは。「書肆コルシカ」という古本屋のコルシカさんと「私」は、貧乏でいっしょにアルバイトをしたこともあった。

「古本屋が本を買うためにバイトする。情けない話だが、でもそのおかげで、あれこれの夢も見られるのだから、我々はラッキーなんだ。そう言われると、たしかにそんな気もしてきて、欲しい本にだけ誠実であろうと、私は思うようになった」

たまに内堀さんは事実か虚構かわからない文章を書く。書肆コルシカはほんとうに実在するのか。疑いはじめるとキリがない。

この本に収められたエッセイは、短い文章の中に濃密な時間が流れている。

今の若い自由業者たちへのエールに満ちた本だとおもった。

「古本屋はずっと小さな規模だけれど、なによりも個人の志で書店を作ることができる。なにしろ、いつまでも食うや食わずなのだ。幸せな苦労が残っている最後の場所なのだと思う」

内堀さんと会う。ほんの一言二言、会話をかわす。別に何てことのない話にもかかわらず、その後、ずっと長く考えさせられる言葉が残る。

『古本の時間』を読みながら、その感覚を何度も味わった。

ある古本屋の看板に「雑本・雑書」の文字を見つける。

内堀さんは「雑本」という言葉を素敵だとおもう。そこに面白味が潜んでいるという。古書の世界には「他の誰かにとってはどうでもいいようなもの」の中に、その人にとって「身を賭す」に値する大事なものがあるともいう。

古本の森の迷路で道を見失う。でも非効率極まりない寄り道こそが、古本の醍醐味なのである。

「（古本屋は）あるものでやる、という世界だ。もう一つ。手にしたいのはまだ知らない本なのだ」

あるものでやる。あるもので何ができるかを考える。

たぶんそれしかない。

内堀さんは一癖も二癖もある個人営業の古本屋さんのことを「牧歌的」「楽観性」「底抜けに自由」「すがすがしい」と形容する。

この世界では、商売上手だとか要領がいいとかは褒め言葉ではない。

「古本屋の仕事は、一冊の本がどれだけ多様な本に繋がっていくのか、周辺がどんどん広がっていく面白さなのだ」

行き当たりばったりに古本を読む。何でこんな本を読んでいるのかわからない。見たことも聞いたこともない名前がいっぱい出てくる。知らない固有名詞が頻出する。

知らない名前も何度か目にしているうちに血が通ってきて、だんだんなじんでくる。知らず知らずのうちに自分だけの地図ができてくる。バラバラに集めた知識の断片が、何かのきっかけでつながる。つながったからといって、何かの役に立つわけではない。

今、自分が考えていることを昔の人も考えていたことを知る。ある日突然ずっとわからなかったことに気づく。

自分自身の面白さを追求している食うや食わずの不器用な人たちの中に流れる時間――それが〝古本の時間〟なのかもしれない。

（「図書新聞」２０１４年2月8日号）

おせっかい主義

現代文明が騒々しいというのは、一つには我々の方で自分自身と向き合って時間を過すことが稀になり、それが習い性になって、偶にそういう時間が出来ると、何とでもしてこれを避けたがる癖が附いたからだということもある。

（「ここ」／吉田健一著『甘酸っぱい味』ちくま学芸文庫）

『甘酸っぱい味』の元本は一九五七年に新潮社から出ている。甘いことも辛いことも混ぜて書くつもりで「甘辛」という題を考えていたが、「甘酸っぱい味」に変えた。

吉田健一のエッセイ集の中でも、一、二のおもしろさなのだが、いかんせん、『甘酸っぱい味』という題は伝わりにくい。わたしも読む前は料理エッセイかなとおもっていた。

最近、一九五五年から一九六五年にかけての評論家のエッセイをよく読むようになった。だいたい戦後十年から二十年目くらい、評論家がまだ「文士」といわれていた時代である。彼らは世の中を頭で分析するのではなく、からだを通した言葉で世界と向き合っていた。

この頃の本を読めば、二・二六で軍部の横暴は極り、人は皆暗い気持のどん底に突き落とされたと思うだろうが、決してそんなことはなかったということをここに書いて置きたい。寧ろ、軍部は滑稽を極めたので、その後の情勢が戦争に向って進展したのは、一部の兵隊が叛乱を起した位では食い止められない、もっと世界的な動きだったのである。（「小事件」）

吉田健一の戦前戦中の「軍部」の批判は苛烈である。その始末の負えなさも含めて、二度と出現させてはならないものと考えていた。もちろん単なる平和主義とはちがう。

要するに軍で、軍の天下だった。そしてそうなると、理由がなくて膨れ上がったものの心理で、自分達が得たものを少しでも失うことが何よりも気になり、これに対しては、或はただ自分達の方でそうと錯覚しては、軍民離間などと言って騒ぎ、やがては、折角得たものを確保するには逆に各方面に向って間口を拡げて軍部以外の要所要所を固めるに限ると考えるに至って、軍人が文部大臣になったり、商工大臣になったりして、これは例えば、とてつもない軍艦を作ることを計画して、次第にその寸法を伸ばして行くうちに、しまいに全世界を一つの軍艦に変えることを望むことになるようなものである。（「軍部」）

かつての軍国主義には「根拠になる基準など、信じるに足るものは何一つ」なかった。

さらに軍国主義以外にも「日本式のおせっかい主義」も蔓延していた。

戦争が始る頃はゴルフ・バッグを担いで電車に乗っていると、隣のおっさんが時局に就てお説教したものである。そのもっと前に、女の子が当時の流行に従って断髪して街を歩いていると、巡査が摑まえて、やはり時局に就て注意したりしたことがあった。（「漸進主義」）

軍国主義の復活はさておき、「日本式のおせっかい主義」は姿形を変え、今も残っている。「日本式のおせっかい主義」は、正義（大義名分）をかざして、他人を叩き、溜飲を下げる風潮といってもいいだろう。

正義を全否定するつもりはない。

ただし、正義はいともたやすく排他主義や画一主義に陥る危険性を内包していることだけは忘れないようにしたい。

「日本式のおせっかい主義」には、理屈が通用しない。だから面倒くさい。まともな議論にならないから、つい沈黙してしまう。

ほんとうに厄介だ。

げんげ忌によせて

仙台に遊びに行った帰りに、途中下車した郡山の古本屋で『新日本文学』の「四〇〇号記念特別増大号」（一九八〇年十二月）を見つけた。

特集は「中野重治論」「花田清輝論」「文学運動の現在」の三本立て。

その中に菅原克己の「中野重治の初期抒情詩」という評論も収録されている。

『現代詩人集』の中野重治の初期の詩篇を読んだ菅原克己は、「ぼくは、中野さんにとっても、一番大事なエキスのようなものが、ここに集まっていると思えるのである」という。

中野重治を論じつつ、菅原克己が詩について語った部分をいくつか抜き書きする。

　詩人はだれでも（とぼくは思うが）、自分の處女時代のものを愛している。そこにははじめて詩の世界をのぞきこんだ初々しさ、驚き、感動といったものが溢れているからである。そしてそれは過ぎ去って二度と帰らぬものである。

　人びとの感受性、直感に、そのままふるえるように伝わってゆくような純一なものが、中野さんの初期の詩篇にはあった。

（中野さんが）全生涯にわたって築きあげた、そのたぐいまれな思想家・文学者としての大きな成果をみるとき、その過程で、いろんな痛み、失敗をふくみながらも、若いときの純一で無垢な詩精神が、その根底にたえず流れていたように感じられる。

この評は、そのまま菅原克己のこと、そして彼の詩の理想を言い表わしている。菅原克己のエッセイを読んでいると、「初期の詩精神」を大事にしていた人であることがわかる。

『詩の鉛筆手帖』（土曜美術社、一九八一年刊）の「日常の中の未知」というエッセイに、「ぼくらは〈馴れる〉ということがある」という一文が出てくる。

毎日、勤めに出かけ、満員電車に乗る。ある青年が、同じような毎日をくりかえしているうちに何も感動できなくなってくるとこぼす。

生活が味気なくおもえることもあるだろう。〈馴れる〉ことで、いろいろなことを簡単に割り切るようになり、世の中に「ふしぎ」があることを感じなくなる。

ぼくらは生まれたとき、あの狼の子と同じようにそれを経験しているのである。もちろん、赤ん坊には意識はない。やはりこんこんと眠り、ただ口を動かしてお乳を吸うだけなのだ。

しかし、無意識の上にひろげられた新しい世界の経験は、成長したぼくらの深層心理の中にひそんでいるのある。この最初のおどろきを絶えずよみがえさせるようなものが、〈詩〉にはあるのだ。

「中野重治の初期抒情詩」も「日常の中の未知」もいずれも六十代から七十代に書かれた文章なのだが、その言葉の瑞々しさにおどろく。どうすれば、こんな文章を書き続けることができるのか。

『詩の鉛筆手帖』の「〈無名詩集〉の話」では、ある人に「お前の詩は、最初の詩集の時が一番いい」といわれたときの話を書いている。

年月を重ね、過去には知らなかったいろんな複雑な詩の機能を学びながら、なお行く先ざきで手に入れようとしているのは、最初の、詩を知ったときの新鮮な喜びのようなものではなかろうか。

『詩の鉛筆手帖』は「最初の、詩を知ったときの新鮮な喜び」の大切さをくりかえし綴っている。ほとんどそればっかり……といってしまうと語弊があるかもしれないが、わたしがこのエッセイ集をしょっちゅう読み返すのは、この感覚を忘れないようにしたい、おもいだしたいという気持があるからだ。

「〈先生〉の思い出」では、中村恭二郎という詩の先生の話が出てくる。若き日の菅原克己が〈先生〉に詩を見せたところ、「君は室生さんが好きだね」と見抜かれてしまう。

そして〈先生〉はこう続ける。

だが最初に室生犀星の影響をうけるということは、たいへんいいことだ。君の詩はナイーブでいい。自分の生地のものをなくさないように勉強しなさい。

年譜によると、菅原克己が〈先生〉に会ったのは、一九二九年、十八歳のときである。

それ以来、中村恭二郎氏はぼくの〈先生〉になった。

菅原克己は、詩人であり続けるために、生涯「自分の生地のものをなくさない」ことを自らに課していたとおもう。

『遠い城』（西田書店）にも「わが師、中村恭二郎」という回想がある。

中村恭二郎には、その後長く、いろんな意味でお世話になり、ぼくにとっては古風な言い方だがまったく恩師といっていい存在になった。そしてぼくは、詩を書き初めたころに、室生犀星を知り、中村恭二郎を知り、そこから中野重治と伊藤整を知ったことによって、今にいたるぼくの詩の根元的なものが培われたように思っている。

わたしも日々の仕事や生活を送っているうちに、「自分の生地」が磨り減っていくような不安をおぼえる。ずいぶん磨り減らしてしまったなあという悔恨もある。

それでも一読者としては、「自分の生地」を守りぬいているような人の作品に触れたい。詩でも文章でも、その人ならではの「生地」、あるいは「初期の詩精神」のようなものが失われてしまった作品はどこかものたりなくおもえてしまう。

わたしは十九歳のときに職業ライターになり、主語も意見も感情もない文章ばかり書いていた時期がある。二十代後半から三十代にかけて、どうにかして本来の自分の感覚、文章を取り戻したいとおもって、詩や私小説ばかり読んでいた。

そのころ菅原克己を知った。そして「自分の生地のものをなくさないように勉強しなさい」という〈先生〉の教えに勇気づけられた。

どうすればその教えを守り通せるのか。以来、そのことを考え続けている。

カチリとしたもの

二週間ぶりに神保町へ行った。神田伯剌西爾《ぶらじる》で珈琲を飲んで、古本屋をまわる。神保町に行きそびれていたのは、飲みすぎて、珈琲をちょっとひかえていたからだ。仕事の資料と関係なく、今なんとなく読んでみたい本を買おうとおもっていたら、清水哲男著『蒐集週々集』（書肆山田、一九九四年刊）という本があった。

一九八八年六月から一九九三年三月まで産経新聞に連載していたコラム集だ。おもしろい題だし、中身も好きなかんじの本なのだが、こんな本を買いそびれていた……というか知らなかったのは、修業が足りない。どうして見すごしていたのか謎だ。

家に帰ってから、清水哲男著『ダヴィッドの芝刈機』（冬樹社、一九七八年刊）を読む。この本の「あとがき」は何度も読み返している。

なんにも書きたくない日がつづく。かといって詩を読んでも、あるいは映画を見ても酒を飲んでも、なにかカチリとしたものにつきあたらない。

一生かかっても読み切れないくらいの本がある。興味のないジャンルであれば、素通りして当然だとおもうのだが、かなり好みの本ですら、何十年も気づかないことがある。

本にたいする感度も波がある。

自分が探している本が何かわからなくなることもある。「カチリとしたもの」は、自分の状態にも左右される。どんなにおもしろい本でも、自分の調子がだめなときはピンとこない。

おそらく「カチリとしたもの」に出くわす頻度が落ちているときは、余裕がない兆候なのかもしれない。

おもしろいものを探すのと同じくらい、ちゃんと何かをおもしろがれる状態を作ることが大切なのだろう。

平凡の自覚

新居格《にいいいたる》の随筆は、戦前、戦中の高円寺の話が出てくる。力の抜けた、ちょっとやる気のないかんじの文章もいい。

大正デモクラシーを通ったリベラルな知識人で、今読んでも古びていない。

この国ではアナキストと云えばひどくいやがられているようだ。
私はその一人である。ではあるが私は食うための売文に忙しいので遺憾なことではあるが、その原理を十分研究する暇がない。
（「或る日のサロンにて」／『生活の錆《さび》』岡倉書房、一九三三年）

そんな新居格は仲間内から「サローン・アナキスト」といわれたり、コミュニストからは「プチ・ブル」や「反動」と揶揄されたりした。それにたいして、新居格は「私は私の道を行くのである」と開き直る。

新居格の思想信条よりも文章から伝わってくる生き方、あるいは姿勢にわたしは共感した。

中でも随筆の表題の「生活の錆」という文章が素晴しい。

　僕は号令を発するような調子で物を云うことを好まない。肩を聳やかす姿勢は大きらいだ。啖呵を切るような云い方をするのが勇敢で悪罵することが大胆だと幼稚にも考えているものが少なくないのに驚く。形式論理はくだらない。まして反動だの、自由主義だの、小ブルジョアだのと云う文字を徒らに濫用したからと云って議論が尖鋭になるのではない。どんなに平明な、また、どんなに物静かな調子で表現しても内容が尖鋭であれば、それこそ力強いのだ。

一九三〇年代にこんな文章を書く評論家がいたのである。新居格からいろいろなことを学びたいとおもった。

新居格の著作は古本屋でも入手困難なものが多いのだが、地道に探して読み続けてきた。それだけに戦時中に刊行された『心の日曜日』（大京堂書店）を読んだとき、「あれ？」とおもってしまったのである。

収録作の大半は、平明でやわらかい新居節で書かれている。

　わたしは自分が平凡であることを悔いないというのは、悔いたとて平凡が非凡に急転する

訳ではないからだ。　　（「平凡を悔いず」／同書）

しかしそのあと「戦時下の銃後生活とは、軍律を市井生活に入れるということだ」という一文が出てきて違和感をおぼえた。

「戦時下国民の課題」でも「われわれがもつ唯一の目的、唯一思想即ち戦に勝たねばならぬことのために、われわれは十二分に省察し、戦時下生活を合理化して行かねばならないのである」と号令を発するような調子の発言に変わっている。

わたしは現在の価値観から過去の発言を批判することはしたくない。それでも新居格にかんしては腑に落ちない気分が残る。

どうしてこうなってしまったのか。

ニヒルとテロル

毎日けっこう歩いている。二日続けて神保町、二日続けて神田伯刺西爾《ぶらじる》で珈琲を飲む。秋山清著『ニヒルとテロル』が平凡社ライブラリーに入った。

鶴見俊輔著『回想の人びと』（ちくま文庫）の秋山清の回でも『ニヒルとテロル』所収の「ニヒリスト辻潤」に出てくるエピソードが語られている。

ある会合で辻潤がテーブルの上に飛び乗り、皿をけとばして歩いた。

その意味を秋山清は四十年考え続けた。

『ニヒルとテロル』で秋山清は、辻潤の奇妙な行動について、こんなふうに綴っている。

「三人の会」におけるアナ・ボル対立のさわぎのなかを、卓上に上がって皿小鉢を踏み割り、奇声を上げげつつ躍りあるいたと伝えられる辻の行為は、正しくそのいずれにも与しえず、抑えがたくやり場のなかった者の、はしなき行為であったのではないか。権力を否定するアナキストも、革命とともに支配権力を自覚に掌握せんとするボルシェビィキもなお「理想主義」にこだわりすぎている、とおそらく辻の否定精神からは判断されたのである。

秋山清の著作は、ほとんど読んだ。もっとも読み返しているのは、『目の記憶——ささやかな自叙伝』と『昼夜なく——アナキスト詩人の青春』（いずれも筑摩書房）の二冊の自伝だ。とくに『昼夜なく』がいい。

一時期、わたしはアナキズムの歴史、思想について研究していた。だが、途中からアナキズムやアナキストについて文学のように味わいたくなった。

辻潤もそう。ダダイズムとかニヒリズムとか、どうでもいいやと。酔っぱらったかんじのはちゃめちゃな辻潤の文章は、今でも理想のエッセイのあり方だとおもっている。

『ニヒルとテロル』には、新居格も出てくる。

秋山清は、新居格の「……正確にいえばたった一人の人間がたった一人の人間さえもほんとうに理解することは難かしい。いや不可能であるというのが僕の体験から来る嘆声である」という文章を読み、「ひどくニヒルな思い」をかんじる。

そして「新居は、理解されざるがゆえの孤独の彼方にニヒルを感知した人だったようである」と分析する。

辻潤と新居格は、読んでも読んでもとらえどころのなさが残る。

そこに魅かれる。

あしたから出版社

島田潤一郎著『あしたから出版社』（晶文社）を読む。二〇〇九年、〝ひとり出版社〟の夏葉社を創業。マラマッドの『レンブラントの帽子』（小島信夫、浜本武雄、井上謙治）、関口良雄著『昔日の客』を復刊し、わたしのまわりの古本好きのあいだでも話題になった。「若い人がやっている出版社らしい」「飲むとおもしろい人らしい」という噂も耳にした。

島田さんは二十七歳まで作家志望でアルバイトで暮らしていた。その後もほとんど定職に就かず、三十一歳になって真剣に仕事を探しはじめる。

結局、ぼくは、転職活動をはじめてから八ヶ月で、計五〇社から、お断りのメールをもらった。

だれにも合わせる顔がなかった。

転職に失敗したら自分で事業をやるしか方法はないのかもしれない、とそのころからぼんやり思いはじめていた。

島田さんの夏葉社がうまくいったのは「たまたま」なのかもしれない。いや、うまくいっているのかどうかはわからない。たぶん楽ではないとおもう。他の人が真似しても、島田さんのやり方でうまくいくとは限らない。

追いつめられ、どこにも行けなくなって、自分の道を切り開くしかなかった。それで出版社を作って、自分が読みたい本を出した。

夏葉社の本は一冊一冊すべて島田さんのおもいがこもっている。手間がかかっている。

そういう本に飢えていた読者がいた。わたしもそのひとりだ。

夏葉社の社名の由来はこの本ではじめて知った。

赤いスフィンクス

部屋の掃除をしていたら、『昔日の客』の関口良雄が書いた「雑話」という題のエッセイのコピーが出てきた。

私の店の近くの池上本門寺のそばに松尾邦之助という人が住んでいる。

駅のちかくで松尾邦之助と会って、「先生！　暫くでした」と声をかけると、「やあー」といって近づいてきた。

そのあとの松尾邦之助の台詞——。

何かその後、僕の本が入ったかね。四、五年前に長嶋書店《ママ》というところから、僕の『赤いスフィンクス』という本を出したのだが、何とか見付けてくれないかね。

『赤いスフィンクス』は、松尾邦之助が訳したフランスの思想家アン・リネルの小説である。出版社は長嶋書店ではなく長嶋書房で一九五六年に刊行されている。

松尾邦之助によれば、この本はアン・リネルが一九〇二年に書いた作品で「この小説は、ニイチェのいう『超人』の悲劇であり、今年百年祭を迎えたニイチェの思想の父マックス・スティルナアの『唯一者』が現実の壁に衝突した惨劇でもある」という。

この本はかなり探した。

当時のわたしはアマゾンで古本は買わない方針だったのだが（クレジットカードがなかったので）、『赤いスフィンクス』を見つけたときはどうしてもほしくて、コンビニ先払いで購入した。たしか四千円だった。

十年以上探していた本がネットで見つかる。

何年も探し続けている本の数が減ってきている。

古本屋ツアー・イン・ジャパン

ブログ「古本屋ツアー・イン・ジャパン——日本全国の古本屋をダッシュで訪ねて」がはじまったのは二〇〇八年五月——。

その神出鬼没ぶりと古本屋の店内を活写する改行なしの濃密な文章は、古本好きのあいだでも話題になっていた。

「何者だろう?」

「仕事は何をしているのか?」

「今日はどこに出没するのだろう?」

全国各地の古本屋の踏破を目指す謎の人物は、いつしか「古ツアさん」というニックネームで呼ばれるようになる。

最初は確かに趣味のひとつのようなものであった。その程度の心構えであった。しかしそれは、いつの間にか己の人生と激しく混ざり合い、その人生を喰い尽し始めていた。長い移動時間と旅費が、生活をビシビシと痛めつけてくるのだ。

（「はじめに——古本屋を訪ねる旅は、長く果てしなく、そして愉快だ」）

この本では「古ツアさん」がまわった全国一五五〇店の古本屋の中から一五〇店を厳選して紹介している。

これほど疾走感、疾駆感に溢れた「古本の本」は、今まで読んだことがない。

わたしもそうだけど、たいていの古本マニアは、古本屋めぐりをするさい、関西なら関西、東北なら東北で、それなりに効率よくまわろうとする。

ところが「古ツアさん」は、非効率きわまりなく、古本屋を訪ねるのだ。事前に店が営業しているかどうかも確認しない。ふらっと訪ね、店が閉まっていたら、その日は諦め、何度でも訪れる。日帰りの弾丸ツアーもしょっちゅうやる。

この本の刊行後に行われたトークショーでも、古本屋の探訪の仕方の無計画ぶりに話が及んだ。どこかのひとつの場所を拠点にして、短期間でなるべく多くの店をまわるのではなく、行き当たりばったりに、次、どこに行くのか、誰にもわからないようにしたかったらしい。

二〇一一年五月、群馬・北軽井沢の「古本&紙雑貨　キジブックス」を訪ねる。しなの鉄道の中軽井沢駅に降り立ち、駅のそばのレンタサイクルで自転車（ママチャリ）を借りる。

目的地の北軽井沢までは一四キロほど。自転車で駆け抜けるのは可能であろう。しかしこ

こは高原高地。どれほど高低差が私を待ち構えているのかわからず、地図を見るとすぐ横に浅間山があり、道はウネウネのヘアピンワインディングロード続き……限りなく不安だ。

古本屋を目指し、のぼり坂をママチャリで走り続ける姿を想像すると、かなり怪しすぎて、笑いをこらえることができない。

なぜここまでして古本屋をまわるのだろう。それは本人にもわからない。

だが、結果として、その記録は、素晴らしい紀行文学となり、貴重な考現学資料になっている。

三年前の震災の日の当日（本が崩れた部屋の写真あり）も古本屋に行き、翌日から「古本パトロール」をしていた。この記録も貴重である。

今ではインターネットの古本屋で検索して引っかかれば、簡単に本を買うことができる。しかし古本屋の棚で知らない本に出会い、わけのわからない本を買うおもしろさは別だ。また二十一世紀にはいって、新しい古本屋が次々と誕生している。

ブックカフェタイプの店もあれば、古本酒場もあり、古着兼古本屋など、「古本＋α」のニユータイプの店も続々と登場した。

さらに各地で一箱古本市をはじめとする一般参加者が古本を売るブックイベントも開催されるようになった。

全国の古本屋を目指してかけまわる「古ツアさん」は、しだいに「微弱な古本光線」をキャッチできる探知器を身につける。なんてことのない通りを歩いていても、妙な気配を感じ、ふらふら近づいていくと、そこに古本屋（古本屋ではないが、古本を売っている店も含む）がある。たぶん、古本ウイルスにやられて、ちょっとおかしくなってしまったのだろう。

もともとあるバンドのツアーに帯同し、そのついでに古本屋をまわりはじめた。そして気がついたら、何かに取り憑かれたように、まだ見ぬ古本屋を求めて奔走し、珍本奇本稀少本を見つけては「ひゃっほう」と叫ぶ怪人になっていた。

それにしても「古本」の看板をかかげていないリサイクルショップ系の店まで隈無く探し当てる眼力と嗅覚は恐れ入るしかない。

（「図書新聞」２０１４年４月12日号）

金鶴泳

ようやくコタツ布団をしまう。

すっきりした。今度出すのは十一月くらいか。

気温の変化が激しいせいか、睡眠時間がどんどんズレる。これも自分の「ふつう」とおもうことにした。

昨日、西荻窪に行って音羽館で金鶴泳の署名本を二冊買った。『あるこーるらんぷ』（河出書房新社、一九七三年刊）と『郷愁は終り、そしてわれらは——』（新潮社、一九八三年刊）。

古山高麗雄著『袖すりあうも』（小沢書店、一九九三年刊）に「金鶴泳」という文章が収録されている。

追悼文の形の「金鶴泳論」といってもいい。

金鶴泳は一九八五年一月に四十六歳で亡くなった。

おとなしく、言葉の少ない人だった。私はおそらく、彼の作品を読んで、執筆を依頼したのである。私が読んだ彼の作品は何と何であったか。彼と会ってどんな話をしたか。そういうことはいちいち憶えていないけれども、「凍える口」「あるこーるらんぷ」ほか、何篇かを読んで、私は彼に期待した。

古山さんに依頼され、金鶴泳は『季刊藝術』に「石の道」を書く。

静かな語り口で、在日韓国人が描かれていた。その存在が。その哀しみが。その存在に対する問いを、人間とは何であるかを追究することで問うている作品であった。鶴泳さんは、問題提起というかたちで問題を提起したりはしない。在日韓国人を作り出したものを告発したりはしない。だから読者は、いっそう、鶴泳さんがおそらく心の中で問うているであろうものについて考えないではいられない。

「あるこーるらんぷ」は、「自分の実験室を持つこと、それが俊吉の夢であった」という文章ではじまる。

それからしばらくして父・仁舜の話になる。父は、強制連行で北海道の炭坑で働かされていた。給料は日本人の三分の一か半分、逃げないように常に見張りがついていた。

戦時中、父は幼い栄吉（俊吉の死んだ兄）といっしょにいたところ、一回りも年下の軍人に暴行を受けた。赤ん坊の服が「白っぽい服」を着ていたからだ。「白っぽい服」は敵機の目標になりやすい。しかし日本人の子どもだって、そうした服はざらに着ていた。

そうした差別を受けてきた父が、酒を飲むと家族に暴力をふるう。日本人の男性を好きになった姉、日本人との恋愛に反対する父。祖国の指導者を信奉する父、朝鮮籍から韓国籍に変えようとする兄との関係も描かれる。

分裂した家族から目をそむけるように、俊吉は化学の実験にのめりこむのだが……。

この小説も「問題提起」はしていない。そして容易く解決できない問いが残る。

金鶴泳の「夏の亀裂」が、芥川賞の候補になったとき、吉行淳之介は「生マジメすぎた」と選評で述べた。

すごく印象に残っている選評だ。さらに「生マジメになると、作品から味とふくらみが失われやすい」と続く。

「夏の亀裂」は、単行本だと『石の道』（河出書房新社、一九七四年刊）にはいっている。

夕暮れになると、「いいようのない辛さの感情」に襲われる。その感情は「自分という存在を圧し潰さんとするばかりに、身を締めつけてくる」。

子どものころから、資英はその感情とつきあってきた。

だが、中学、高校、そして大学と進むにつれ、さらにひどくなる。

康資英《カンザヨン》は東京郊外の市に下宿している。つらくなると部屋を出て、街明かりを目指す。

車で国分寺の駅に出、中央線の上り電車で吉祥寺に行き、居酒屋『街』で飲むのが常であった。

ひとりで飲む。飲むときはひとりで飲みたい。

夜中、ふと〈俺は生きられるだろうか……〉とおもう。

吉行淳之介が「生マジメ」と評した小説に、わたしはひきこまれた。

康資英は自分のことを朝鮮人らしい朝鮮人ではないとおもっている。といって、日本人に同化しきることもできない。

　中央線にオレンジ色の電車が最初に姿を現したのは、彼が浪人のときだった。高校を卒業し、東京に出てくると、彼は西荻窪に下宿し、そこから御茶の水の予備校に通っていたのだが、たえず何かに追い立てられ、逃れ場のない鬱屈した毎日が続いていたある日、いつも乗り馴れていたあのくすんだチョコレート色の電車のかわりに、オレンジ色の電車が入ってきたとき、彼は、不意に光が差し込んできたような明るさをおぼえた。

金鶴泳の小説は、在日朝鮮人であること、そして自身の吃音の悩み、父との葛藤がくりかえし書かれている。

いずれも本人にとって、切実なテーマだ。

切実なテーマをどう書くか。金鶴泳の「生マジメ」さは、彼の文学および性格から切り離せないものだったとおもう。

差別の問題で厄介なのは、あからさまな罵詈雑言よりも、腫れ物にさわるような、当たり触りない扱いで批判や批評をしないというスタンスがある。

吉行淳之介は遠慮せず、自らおもうところの金鶴泳の小説の問題点を指摘した。「辛さ」や「鬱屈」をストレートに吐露するのではなく、小説の中に溶かし込み、ふくらみをもたせる。金鶴泳はそれができるだけの力がある作家だった。

だから、早く亡くなってしまったことが惜しい。

『SUB!』と神戸

日曜日、西荻ブックマークの北沢夏音著『Get back, SUB!』（本の雑誌社）の刊行記念のトークショーが無事終了した。

打ち合わせから打ち上げまで、北沢さん、森山裕之さんと雑誌やコラムの話ができて楽しかった。

十年以上前、北沢さん、森山さんと大阪で会った。関西で『ｓｕｍｕｓ』『ブッキッシュ』『モダンジュース』『ＣＡＶＩＮ』といったミニコミが次々と創刊し、盛り上がっていたころだ。はじめて北沢夏音さんと会って、わたしがすごく緊張した。緻密な取材と熱のこもった文章――そしてとんでもなく原稿を書くのが遅い人。

北沢さんは、雑誌は何か（自分がいいとおもうもの）に張らなければおもしろくならないというようなことを語っていた。

有名か無名か、新しいか古いか、売れる売れない。そうした基準でものを考えることを疑い、その基準を壊す。「ない」から作る。「自分が読みたい（見たい、聞きたい）」から作る。

編集の仕事のおもしろさもそこにあるし、それは書き手にもいえる。

『ＳＵＢ！』の由来は、サブカルチャーの「サブ」で、命名者は谷川俊太郎だ。

現代詩から音楽、写真、美術と幅広いジャンルの人が参加していた。辻まことや富士正晴の連載もあった。今、見ると、豪華な執筆陣に驚くのだけど、当時は大半は知る人ぞ知るくらいの存在だった。

この雑誌が神戸で作られていた。ただし『QJ』連載時、わたしは神戸の土地鑑がほとんどなかったから、そのことを深く考えていなかった。

トークショーの当日、『SUB!』の発行人の小島泰治の父で歌人の小島清の『對篁居』(小島清歌集刊行委員会、一九八〇年刊)という遺歌集を持っていったのだが、紹介しそびれた。

小島清は明治三十八年東京生まれ。大正四年に父のイギリス神戸総領事館就職に従い、神戸に移る。

レインコートを肩にしてパイプくゆらし神戸は今も若き日の街

作品の上から見ても、彼の青春のすべては神戸にあった。

若き頃から国文学に身を置く希望は強く、国学院大学に入学しながら、東京大震災にはばまれて、空しく神戸に戻り、あとは独学で僅かに渇を医したという話にしても、戦中戦後の職の転々も。

(「後記」頴田島《えたじま》一二郎《いちじろう》)

小島清は後に古本屋を開業するのだが、店は昭和十三年の関西大水害で流され、さらに昭和二十年の神戸の大空襲で家屋が全焼し、戦後は京都で暮らした。

こう見て来るとなまやさしい生き方ではなかったはずの神戸なのだが、多くの友に恵まれた神戸。妻子を得た神戸。何よりも爽やかな青春のすべてを燃焼した神戸は、彼にとって忘れようとしても忘れ得ない土地であったに違いない。（同書）

神戸に行きたくなってきた。

休みの日

日曜日、雑司ケ谷のみちくさ市に行く。これまで副都心線をつかっていたが、JRの目白駅から歩いていくほうが楽なことに気づく。

野球本を何冊か買って、池袋の往来座に寄る。『詩人　石川善助　そのロマンの系譜』（萬葉堂出版、一九八一年刊）などを買った。帰りはリュックが重くなる。

石川善助は、仙台出身の詩人。一九〇一年生まれ。職（藤崎呉服店など）を転々とし、二十七歳で上京。生活苦に陥り、三十一歳のときに草野心平の家に移り住む。草野心平の焼鳥屋の手伝いをしていたこともあった。

一九三二年、電車が通ったときの風によろけて下水に転落して命を落とし、没後、詩集が一冊刊行された。

わたしは石川善助の詩のよさがよくわからない。でも、友人知人に送っていた手紙はおもしろく読んだ。

仙台の明治製菓売店で働いていたころ、友人の郡山弘史に宛てて書いた手紙——。

永い永い間ほんとうに字を書かなかつた。書けなかったのだ。今日も疲れてゐる非常に。

（中略）僕は思ふ、僕のくだらない日々の徒労を悲しく思ふ僕の感情と仕事の貴さをわからない社内の人間等が多く如何にあることよ、僕は毎日会社にとまつてゐる、朝は七時から店先のセイリと会計をやる、ひるは雑務（帳面をつけたり、算盤をおいたり）よるは喫茶部へ出て大理石の台の前でコーヒーやレモンテーを出したり、入れたり、新吉の皿皿皿皿の詩があるだろうバケツの中で皿もあらふよ。（中略）でもねむれない、詩を思ふ、友を思ふ、僕を思ふ、僕はいまこの手紙を泣いて書いてゐるのだ、泣いて書いてゐるのだ、兄よ昨年兄とRと僕が一緒に東一番町のカフェーでアイスクリームをたべた時を思ひうかぶのだ。

行間から、ダメなかんじがにじみでている。愚痴っぽさがすごくいい。そのまま詩になりそうだけど、石川善助の詩は、そういう詩ではなかった。もったいないけど、しかたがない。

マクニースの詩

ぼんやりした頭で『日本の名随筆　翻訳』（作品社）をパラパラ読む。長谷川四郎が「私の翻訳論」というエッセイで、マクニースの長篇詩『秋の日記』（中桐雅夫訳）について論じている。『秋の日記』は、スペイン戦争を題材にしたものだ。しかし、長谷川四郎はその内容には深入りしない。

「……なさそうだ」だとか「……以上のものらしい」だとか、このように言っているところに感覚的な現実性があるように思われる。――詩はなによりもまず正直でなければならない。正直さを犠牲にして「客観的」であったり、きちんと整っていたりすることは、わたしはおことわりだ。とマクニースは言っている。

わたしも「……そうだ」「……らしい」をよくつかう。こうしたあやふやな言葉づかいを嫌う人がいるが、長谷川四郎は肯定していることを知って、すこし勇気づけられた。

中桐雅夫の訳したマクニースの「秋の日記」は、『全集　現代世界文学の発見3　スペイン人民戦争』（學藝書林、一九七〇年刊）に収録されている。

昨年、思潮社から『ルイ・マクニース詩集』と『秋の日記』が刊行されて、買うかどうか迷っていたのだが、むしょうに読んでみたくなった。

ちなみに中桐訳のほうではルイ・マクニースはルイス・マクニースになっている。

数日後、マクニースの「秋の日記」（中桐雅夫訳）所収の長田弘編『全集　現代世界文学の発見3　スペイン人民戦争』（學藝書林）が届いた。長篇詩というからどのくらいの長さなのかとおもっていたら、二段組で六十頁ちょっとあった。一九三九年に発表された詩だ。

しかし人生は礼儀や習慣にかなったことに限られはじめた、――「ねばならぬ」とか「ふさわしい」とかに――

今日の流行は、完全な画一性と
機械的な自己満足だ

だが仕事はぼくには合わぬ

ぼくのプライドは理性の名において告げる、
損の少いうちに手をひいて、やめた、といえと

あまり自信がないのだったら
たしかにそうすべきなのだが
ひょっとしたら、と抜け道を見つけて
いま一度の逢い引きに賭けるのだ

いつでも野蛮人がいる、いつでも各自の生活がある、
通りには何ダースもの普通の人がいる、それから、
食物を充分に得るという、重要ではないにしても
永久的な問題がある

引用した部分はマクニースが「わたし自身のもっと私的な生活を扱っている一節」と述べているところである。でもこれらの「私的な一節」によって、わたしは遠い過去、遠い国の戦争のことを考えさせられた。

ひとりの人間の輪郭の見える言葉で記録されたもの——は時間が経っても色あせない。

『全集　現代世界文学の発見』は他の巻もおもしろそうなのだが、揃い（十二巻）だと二万円くらい。バラで集めるのは大変か。

地球の上で

暮尾淳『詩集　地球の上で』（青娥書房）を読む。地球は「jidama」とルビがふられている。今年二月に出ていたのだが、最近、書店の詩のコーナーから遠ざかっていたせいか、気づかなかった。

ちどり足のような文章のリズムが心地よい。

マレンコフが死んだと
居酒屋で聞いたが
スターリン時代の
ソビエトの首相ではなく
カラオケの世になっても
新宿の古いバーを回っていた
それが通称の
流しのギター弾きで
本名は誰も知らず

皺々の分厚い本の歌詞を
おれは老眼鏡で追いながら
「錆びたナイフ」だったろうか
その調子はずれの声に
ギターを合わせてくれたのは
三年前ではなかったか　（「マレンコフ」）

わたしもマレンコフを知っている。新宿のゴールデン街界隈で飲んだことがあれば、知っていてもおかしくない。「さっき飲んでた店にマレンコフが来たよ」とお客さんがいう。すると、しばらくして、ギターを持ったマレンコフが店に入ってくる。そんなことが何度か会った。

上京したころ、新宿や高円寺で飲んでいると、ちょくちょく詩人と遭遇した。ミュージシャン、役者、舞踏家、絵描き……。どうやって食っているのかわからない大人たちが毎晩深夜から明け方まで酒を飲んでいる。

わたしもそういう世界に混ざりたかった。

どうすれば毎晩ふらふら酒を飲める生活ができるのか。

仕事が忙しくなるとふらふら飲めない。仕事がひまで金がなくなるとふらふら飲めない。そのちょうど中間くらいの暮らしがしたいのだが、それがむずかしい。

語り口について

神保町に行って、新刊書店をまわる。石牟礼道子と藤原新也の対談集『なみだふるはな』（河出書房新社）が気になった。

石牟礼道子が東電の原発事故のことをどうおもっているのか知りたかった。

いかに正しくとも、同じ言葉をくりかえし聞いたり、見たりしていると、だんだん慣れてきて、麻痺してくる。「正常性バイアス」（という学説）の正しさを痛感している。

震災後、悲観しがちではあったが、なんだかんだいって、日本は恵まれた国だよなあという認識も深まった。

内乱もなければ、飢饉もなく、衛生や医療、治安は非常に優れている。

これほどの災害に見舞われても、大きな混乱が起こらなかったのは、社会にたいする信用があったからだともいえる。

今回の震災でも、道路や線路の復旧、流通網の回復の早さは心強くおもえた。

世界に賞賛された日本の被災者のモラルを支えていたのは、個人の善良さだけではなく、日本の技術や国力にたいする信頼も大きかったのではないか。

きっと救助が来る。水や食糧が届く。今さえしのげば、何とかなる。

放射性物質の影響は、気になるけど、なるべく気にしないようにしている（はっきりいうと、一々気にするのが面倒くさくなった）。たぶんゼロリスクを追求すれば、心労で倒れる可能性のほうが高い。

ただし一年前よりちょっとだけ高い牛乳と卵を買うようになった。

石牟礼道子と藤原新也の対談を読んで、印象に残った話がある。

水俣にチッソの工場を作るために水力発電ができた。おかげで村にも電気が通った。裸電球に灯がともったとき、大人も子どももみんな大喜びしたという話があった。

公害問題が発覚するまでチッソは地元の誇りだった。

だからといって許される話ではないのだが、原発に関してもその土地の歴史ぬきに批判してはいけないと考えさせられた。

どんなに事故（とその被害）を隠そうとしても、隠し切れない世の中になってよかったともいっていた。

終始、石牟礼道子は静かで穏やかな語り口だった。

言葉にまったく棘《とげ》がなかった。

杉浦日向子の隠居術

『杉浦日向子の江戸塾――笑いと遊びの巻』（ＰＨＰ文庫）を読んでいたら、杉浦日向子と田中優子の対談で隠居について論じている箇所があった。

田中　やっぱり隠居しないとダメですか。
杉浦　そうです。
田中　そりゃすごい勇気。隠居はもう江戸の遊びの最たるものでしょ。松尾芭蕉も三十代で隠居しましたね。
杉浦　永井荷風も三十七歳で隠居しているんで、荷風よりは早く隠居したいなって漠然と思って。
田中　おいくつで……。
杉浦　三十四歳です。

杉浦日向子は三十四歳のときに隠居宣言をし、漫画を描くのをやめた。
もっとも隠居したといっても、エッセイを書いたり、対談や講演をしたり、テレビにも出演したりしていたから、そんじょそこらのフリーランスと比べるとはるかに仕事をしている。

つまりやりたくない仕事はやらない——いわゆる「わがまま隠居」だった。

この対談で杉浦日向子は「隠居の三原則というのは、『働かない』『食べない』『属さない』」と語っている。

何も食わないわけにはいかないから、最低限の食事はするけれど、稼ぎがないときは食べないくらいの気持でいた。

杉浦日向子は一九五八年十一月生まれ。

一九八〇年、二十二歳のときに『ガロ』でデビュー。漫画家を引退したのは一九九三年である。

二〇〇五年七月二十二日、四十六歳で亡くなった。

三十四歳のときには、すでに難病を患っていたといわれているが、隠居宣言の理由はそれだけではないだろう。

『杉浦日向子と笑いの様式』（七つ森書館）所収の「低成長時代を生きる」という田中優子との対談では、隠居志向に目覚めたのは高校二年、十七歳のときで、そのころから漠然と三十四歳で現役をリタイアしようとおもっていたと語っている。

隠居宣言は三十四歳の正月。

以来、週三日以上働かないことに決めた。

田中　松尾芭蕉、伊能忠敬《いのうただたか》、百花園を作った佐原菊塢《さわらきくう》、みんな隠居になってから、それぞれ本格的な活動をやってますよね

杉浦　でも、現役の時に、ある程度まとまった仕事を成した人ばかりでしょう。私の場合、そういう〝本隠居〟じゃなくて、まだ素隠居。つまり、働かなくても食べられるだけの蓄財がある人が本隠居で……。

田中　生活費は稼がなきゃならないというのが素隠居というわけね。

杉浦　そうなんです。そのかわり生活の上で、衣食住のすべてを縮小しました。ここ三年ぐらいはほとんど服を購入せず、古いものを着回しています。なるべく食べず、食費はお酒に回す。今より部屋数が少ないところに引っ越しをする。冷蔵庫が壊れたら、どんどん容量の少ないものに買い換えてゆく。テレビも小さいものにしていく。

買い替えのさい、ものを小さくする。あるいはなしですます。広い部屋ではなく、狭い部屋に引っ越す。いらないモノを持たず、身軽にこじんまりと生きる。

何かを選択するさい、「拡大」ではなく「縮小」する方向を目指す。

ちょっと足りない、やや不便なくらいが、ちょうどいい。

杉浦日向子は勤め人、家族の面倒を見なければならない人のために「晴れ時々隠居」という案も提唱している。

現役と隠居のスイッチを切り替えることで人生は豊かになる。

たとえば、町中に三畳一間のアパートを借りる。仕事は労働ではなく、道楽と考える。予定を立てず、その日その日のハプニングを楽しむ。効率のよさを求めず、ひと手間かける。新幹線は「のぞみ」や「ひかり」ではなく、「こだま」に乗る。

慌てず、急がず、時間をかける。

それが杉浦日向子流の隠居術だった。

働かなくても食べていける〝本隠居〟はむずかしくても、「晴れ時々隠居」であれば、会社勤めをしている人にも不可能ではない。

休日、あるいはその日の仕事が終わったら、のんびり隠居然として過ごす。

隠居の価値観で生きるといってもいい。

とくに予定をつめこみすぎないことはすごく大事だ。一日のうちに、あれもこれもやろうとすると、忙しくなりすぎて、余裕を失う。

隠居の立場からすれば、年収が多い少ないとか家が大きい小さいとか、どうでもいいことだ。いかにのんびり、その日一日をすごせたか。ひと手間かけて、ちょっと贅沢な気分を味わえたか。いかに自分の時間を楽しむか。そこに隠居の価値はある。

『呑々草子《のんのんそうし》』（講談社文庫）には、「隠居志願」と題したエッセイが収録されている。

十七歳のとき、三十四歳を隠居の年と決めた。

あと折り返し十七年シャバにいれば存分、と思ったからだ。

隠居一年生のシゴトは、

一、働かない

二、食わない

三、属さない

で、一は、備蓄資産がない身は、余命分を遊び暮らせないから、まるきり働かないではすまない。が、なるべく働かずに、銭になる趣味程度の世過ぎをする。二は、口を養うがために稼がにゃならん、が世の習いなら、食わなければ働かずとも良いのだが、これも、まるきり食わない訳にもいかないから、少し食う。三は、肩書なき身分。益体ない存在。どれも得手だ。
杉浦日向子の場合、まず漫画家をやめた。どうしても肩書が必要なときは「江戸風俗研究家」と名乗った。仕事というより、趣味のようなものだ。

「隠居になる」とは、「手ぶらの人になること」と思う。「手ぶら」は、持たない、抱えない、背負わないだが、ポケットに小銭はじゃらじゃら入っているし、煩悩なら鐘を割る程胸にある。

だから、抹香臭い「無一物」やら「清貧」とは、まるで違う。世俗の空気を離れず「濁貧」に遊ぶのが隠居の余生だ。

「濁貧」に遊ぶ。何の役にも立たないことの趣味や研究に一生を捧げる。世の中の基準ではなく、自分にとって大切なことに時間をかける。

杉浦日向子の隠居はそうした生き方を貫くための擬態だったともいえる。いや、そこまで肩ひじ張らず、主張せず、無駄を省かず、適当かつゆるやかな姿勢で生きようとした。

高橋克彦、杉浦日向子著『その日ぐらし――江戸っ子人生のすすめ』（ＰＨＰ文庫）でも

「宵越しの銭は持たねえ」という江戸っ子の心意気や働き方が語られているのだが、その仕事ぶりはほんとうに羨ましい。

四畳半一間の長屋でなんとかメシを食って、あとは遊んで暮らす。

高橋　実働何時間だったの？

杉浦　四時間くらいですね。朝十時頃、おかみさんに「おひつがカラッポだよ」と尻をひっぱたかれて稼ぎに出て、午後二時には帰ってきてしまう。で、晩酌を始めてしまうんです。

江戸時代の人口は三千万人。今の四分の一。庶民の住環境は今とは比べものにならないくらい劣悪だったが、一日四時間くらいの仕事量で一家四人が暮らしていけた。月に七日働けば、なんとかなったという話もある。それで家族四人で食っていけたとすれば、ひとりならもっと楽に生きられた。

週休五日、六日も可能だろう。

江戸っ子は仕事が好きではなかった。

現代のフリーターのほうがよっぽど働いている。

働きすぎかもしれない。

もはやファンタジーにすらおもえるが、月七日働いて食っていける時代はあったのだ。

杉浦日向子著『粋に暮らす言葉』(イースト・プレス)には、亡くなる二年前にこんな言葉を残していた。


頑張って日々を暮らしていると、死の間際まで頑張らなきゃいけないので、「まだ死ねない。なぜいま死ななくちゃいけないんだ」って死に抵抗するわけですけど、らくーに生きてると、らくーに死ねるわけですよね。そうやってにこにこ死ぬには、にこにこ生きていないといけないですね。


らくーに、にこにこ生きて死ぬ。

これぞ、隠居の理想である。

馬ごみの話

阿佐田哲也著『無芸大食大睡眠』（集英社文庫）を再読した。「書き初めに一言」というエッセイでは、正月に遊びほうけて自己嫌悪に陥り、「疲れた」「隠居したい」といった愚痴をえんえんとこぼしているのだが、それから急に話が変わって、阿佐田哲也が人から聞いてもっとも印象に残った言葉を伝える。

長く生き残っていくというのはむずかしいですねえ。あんまりリードしすぎて、ぶっ千切って先頭に立ってはいけないですよ。他の皆の目標になりますから。皆、誰だって能力自体はそれほど差はないんですから、目標にされたら損です。潰れる可能性大ですね。

ある日、阿佐田哲也の家にふらっと現われた三十代の無職渡世の青年の言葉だそうである。この話には続きがある。

といって、馬ごみに入って、混雑の中に埋まってしまってもいけませんねえ。馬ごみの中から出ていくなんて、これもむずかしいんです。

リードしすぎないように、それから馬ごみに入らないように、一歩か二歩だけ、一団より先に行ってる、これがコツなんですけどねえ。

リードしすぎず、馬ごみに埋まらず——というのが長く生き残っていくための秘訣なのである。阿佐田哲也風にいえば、「わかっていても、それができない」なのだが、現在、馬ごみの中にいる身としては、そこから抜け出すことに専念するほかない。

この馬ごみの話は阿佐田名義ではなく、本名の色川武大で書いた『うらおもて人生録』の「おしまいに——の章」にも、若い友人から聞いた話として出てくる。

競馬であんまり先行しすぎると、マークされるし、後続の馬がひしめく馬ごみにはいると抜け出せない。強い馬はいつも一団より半歩くらい先に出る。

でも、自分では半歩先に出ているつもりなんだが、レースの速度は同じじゃなくて、速くなったりおそくなったりするから、半歩先に行ってるつもりでも、速く出すぎたり一団の中にまぎれてしまったり。どうもうまくいきません。

色川武大は若い友人の意見を「劣等生の論理」と考える。エリートや優等生は「ドーンとぶっ千切って走ろうとするタイプ」が多い。

バランスのとれている人なら、馬ごみの中に入っても、なんとかそれなりのコースをみつけるだろうし、事故にも強い。

それにひきかえ劣等生は、欠落が多いんだよね。平均点が駄目なんだ。欠落をたくさん抱いて馬ごみに入ったんじゃ、もうおしまいだよ。

本線を外れてしまった人は、自分の走り方を見つけるしかない。

そのヒントは「おしまいに――の章」だけでなく、『うらおもて人生録』の全編を通して語られている。

3 魚雷の教養

受験が近づくにつれ、家の雰囲気もピリピリしてくる。

わたしも受験生のころ、親とよく喧嘩した。とくに心の中で「そろそろ勉強しようかなあ」とおもっているときに叱られると意欲もそがれる。勉強する前は、穏やかな気持ちでいたい。親が苛々していると、子どもだってつらい。

田辺聖子著『上機嫌の才能』（海竜社）という本がある。小説やエッセイの文章を抜粋した箴言集なのだが、疲れたときや困ったときに頁をひらくと「上機嫌」に生きるためのヒントを目にすることができる。

それから田辺聖子は「おちこんだとき、気をとり直す才能」も大切だという。

田辺聖子は読者から色紙に何か書いてくれと頼まれると「気をとり直す才能」と書いた。気をとり直すための最善の方法は「とりあえずお昼」と「とりあえず寝る」というのが田辺聖子の教えであり、「上機嫌」の秘訣といっていい。

「私は人間の最上の徳は、人に対して上機嫌で接することと思っている」

不機嫌や不安はすぐ人に伝染する。とくに子どもはそうだ。

「やれへんと思ったらできない。無理かなあと思っても、『もうちょっとがんばってみよ』と〝だましだまし〟自分をすかしたりなだめたりしながらやってきましたねぇ」

そして田辺聖子の人生の結論は〈ま、こんなトコやな〉だそうだ。とりあえず、落ちこむことがあっても、〈ま、こんなトコやな〉と笑って、「もうちょっとがんばってみよ」と気をとり直す。

いつもいつも上機嫌でいるのはむずかしい。でも上機嫌を心がけることは、自分のためだし、まわりのためにもなる。しかも、その方法はいたって簡単。

というわけで、わたしもちょっと疲れたので、これから、とりあえず寝ます。

学校の外にも「先生」はいる。

大人になってからも「先生」と仰ぐ人がいる。

作家の山口瞳はたびたびそんな「先生」のことを書いた。

『少年達よ、未来は――男性自身シリーズ』（新潮社）の表題のエッセイにも「先生」が出てくる。

勤め人になった山口瞳は「先生」といっしょにある場所に向かっていた。駅の改札口を通りぬけると、ちょうど電車が近づいてきた。すこし早足で歩けば、その電車に間に合う。周囲の客も駆け足になった。しかし「先生」はまったく慌てず、ゆっくりと歩き続けた。ふたりがホームに着いたところで、電車のドアが閉まった。そのとき「先生」はこういった。

「山口くん。人生というものは短いものだ。あっというまに年月は過ぎ去ってしまう。しかし、同時に、どうしてもあの電車に乗らなければならないほどには短くないよ。……それに、第一、みっともないじゃないか」

わたしがこのエッセイを読んだのは二十代半ばだったけど、それ以来、なるべく急がない生き方がしたいとおもうようになった。とはいえ、いまだに信号が青から赤に変わりそうになったり、ホームに電車が近づく音が聞こえたりすると、つい駆け足になってしまう。ふだんから時間に余裕をもって行動していれば、慌てなくてもよい。まあ、それがむずかしいのだが……。

毎年、山口瞳は「新社会人」に向けたサントリーの新聞広告を発表していた。一九九三年四月一日付の「新入社員諸君。『悠揚迫らず』でいけ!」では、「先生」は「少壮気鋭のドイツ文学者であったT先生」になっているが、同じくいっしょに電車を一本乗りすごしてしまうエピソードを披露している。結局、次の電車は空いていて、「先生」と「わたし」は悠々と座ることができた。

ちなみに、ドイツ文学者の「T先生」は、高橋義孝である。

山田太一著『新版 親ができるのは「ほんの少しばかり」のこと』(PHP新書)は、もともと一九九五年に刊行された本で、その後、二度も文庫化しているロングセラーだ。今回の「新版」では、終章に「二十年経って思うこと」が加わっている。

この本は「岸辺のアルバム」など、数々のホームドラマを手がけ、一男二女の父でもある脚本家による子育て論なのだが、その根っこには「中庸」の思想がある。

「たとえば『子育て』をスパルタか放任かというふうに区分けして、どちらも極端に走れば歪んできます。中間点をねらうしかないわけです」

健康法にしても、ちょっと前に「からだにいい」といわれていたことが、コロコロ変わってしまう。人によって体質や体調もちがうわけだから、万人向けの正解はない。たぶん、子育てや教育もそうだろう。

時代によって変わることもあれば、家庭ごとにそれぞれちがってくる。それゆえ、親は迷ったり悩んだりしながら、子どもを育てていくしかない。

では、親にできる「ほんの少しばかり」のことは何か。答えらしい答えはない。山田太一は、親は子どもに「ほんの少しばかり」のことしかできなくていい——と教えてくれる。

もちろん「ほんの少しばかり」といっても簡単ではない。

子どもが望むことを何でもやってあげたい。そうしたおもいを抑え、子どもが勝手に育っていく時間を温かく見守る。そのことが親にもわからない子どもの可能性を伸ばすことにもつながる（もっとも山田太一は「可能性」を追求しすぎることのマイナス面も論じているのだけど……）。

放っておいても、子どもは親の影響を強く受ける。だからこそ、親は子どもに影響を与えすぎないよう「ほんの少しばかり」注意する必要があるのかもしれない。

本に関する悩みもしくは質問で「何を読んだらいいのかわからない」というのがある。「何でもいいから読めばいい」といいたいところだが、それでは答えにならない。読みたい本を見つけることは、読書の楽しみのひとつだ。そして本を探す力は、わからないこと、知らないことを調べる能力にもつながるとおもう。

『じぶんの学びの見つけ方』（フィルムアート社）は、各界で活躍している人たちが生き方や暮らし方における〝学び〟を語った本である。

巻頭対談は宇宙飛行士の山崎直子さんと子どもたちに創造と表現の場を提供するNPO法人CANVASの石戸奈々子さん。

子どものころ、山崎さんは兄の影響でアニメの『宇宙戦艦ヤマト』や『銀河鉄道999』を見て、遠い星への憧れを抱き、宇宙や生命の進化などの本を読むようになったという。

石戸さんは「私自身は、子どもたちに多くの選択肢を提供し、できるだけいろいろな体験をさせてあげることが、とても大事だと思っています」と語っている。

きっかけは何でもいい。でもそのきっかけ作りはとても大事だ。

興味を引かれたり、夢中になれたりするものを見つけること。それさえあれば、子どもは勝手に多くのことを学んでゆく。

本の話でいえば、書店や図書館に行って、本の表紙や背表紙を見ること。最初は本に興味がなくても、本に囲まれた空間にいるうちに、そこに何が書かれているのか気になる本、読みたくなる本が見つかるかもしれない。本を読むことの楽しさを知れば、無理強いしなくても読むようになる。

〝学び〟もそうだろう。

知らないことを知り、できないことができるようになるのは、楽しいことだとおもう。そういう意味では〝遊び〟の中にも〝学び〟はあるし、〝学び〟の中にも〝遊び〟があるといえる。

試合や試験でいざ本番というときに、日頃の実力の何パーセントくらい発揮できるのだろうか？

『本番に強くなる』（ちくま文庫）の著者でメンタルトレーニングの研究者の白石豊さんは「80％も出せれば、まあよくやったとほめてあげるべきだと思っている」という。プレッシャーがかかる中で、いつもの80％の力を出すことは、一流と呼ばれるような選手でも、かなりむずかしいことなのだ。だからこそ、「やる気」「自信」「集中力」「冷静さ」といった心の技術《メンタルスキル》が重要になる。

白石さん自身、大学で体操をやっていたころは本番に弱い選手だった。原因は「心」にあると気づき、メンタルトレーニングの研究をはじめた。その後、指導者になり、ゴルフ、野球、サッカー、バスケットボール、バレーボール、新体操などのメンタルコーチを担当した。

「メンタルトレーニングの面から言えば、うまくいったから自信がついたのではなく、何らかの手だてによって事にのぞむ前にあらかじめ自信をつけ、その結果として成功する可能性を少しでも高めるという方が正しい」

あらかじめ「大丈夫、やれそうだ」と自信を持つ。プレッシャーをかんじたら、「おう、来たか」「来た、来た」といってみるのもいいらしい（簡単だけど、けっこう効果がある）。

また白石さんは禅の「前後際断」という言葉を四十歳で二桁勝利を挙げた下柳剛投手に教えた。過去や未来にとらわれず、今、やるべきことをしろ――という教えだ。小さなミスを引きずると、同じ失敗をくりかえしてしまう。多くの一流のプロも、結果を気にせず、これからやるべきことに集中することの大切さを語っている。

本番に強い人は、自分をコントロールするのがうまい。その技術は、あらゆる場面で役に立つだろう。

すこし前の話。地下鉄に乗っていたら、目の前で有名進学校の学生ふたり組が、大きな声で次々と都内の私立大学の名前をあげながら、「あそこは最悪だよ」「あんなところに行くなら死んだほうがマシ」といった会話をしていた。

まわりの乗客はあからさまに不愉快そうな顔をしているのに、当人たちはまったく気づいていない。車内には、大学に行っていない人、あるいは「最悪だよ」といわれる大学に通っていた人（わたし）がいることを彼らは想像できなかったのだろうか。

腹が立つというより、なんとなく、いたたまれない気持になった。それから吉行淳之介の「恋愛と人生Q＆A」の「大人になるには……」という質問にたいする回答をおもいだした。

「難しくいえば、自分が世の中という『平面』の中に動いている一つの『点』だという認識が、いつも持ってるっていうのが、大人だと思う。自分が動いているとき、この『平面』も見えるし、自分という『点』も見えるというのが大人だろうね」（『女性にちょっとひとこと』大和書房〔女性論〕文庫）

自分と自分が属している世間以外に広い「平面」があり、いろいろな立場の人間がいる。どうしても「平面」が狭い人は、傍若無人になりやすく、「点」が柔軟でない人は、他人との距離感がつかめない。「平面」ばかり気にしていると「点」を見失いがちだし、その逆もよくある。

吉行淳之介が語る「点」と「平面」の感覚は、数値化できるようなものではなく、恥をかいたり、反省したり、とにかく場数をふまないと身につかない。大人になるって、むずかしいですよ。

福島第一原発の事故の後、新聞やテレビのニュースだけでなく、インターネットの災害情報のスレッドを追いかける日々を送っていた。

いずれも悲観論、楽観論がいりみだれ、どの情報を信じていいのかわからない。

そうこうするうちに、だんだん面倒くさくなって、いろいろなことがどうでもよくなってきて、これではいかんと考え直し、山村武彦著『人は皆「自分だけは死なない」と思っている』(宝島社)という防災心理学の本を読んでみた。

阪神大震災の十年後の二〇〇五年に刊行され、東日本大震災後、緊急重版された本である。

山村氏は、生きのびるためには、過去の事例に囚われず、「根拠のない楽観」を捨てることが大切だというのだが、これがなかなかむずかしい。

集団の中にいると、「皆がいるから」と安心したり、「他の人と違う行動が取りにくい」ため、逃げるタイミングを失うこともある。「周りが逃げなくても、逃げる!」「災害時には空気を読まない」

もしかしたら、非常時に正しい判断と正しい行動がとれるのは、ふだんは「変わり者」といわれるような人なのかも……。

人間は、自分に都合の良い情報だけを受けいれ、都合の悪い情報に耳を傾けず、不安材料から目をそむけがちだ。

かくして災害の記憶は風化していく。

こうした心理を専門用語では「認知的不協和」という。いわゆる「地震慣れ」によって、危機感が薄れることもある。また防災心理学によると、「自分だけは大丈夫」というおもいこみが、いちばん危ないのだそうだ。

油断しないこと、過信しないこと、あきらめないこと。防災の心得は、受験のときの心がまえにも通じますね。

すこし前に、鶴見俊輔著『ちいさな理想』（編集グループＳＵＲＥ）の「独創と持久」というエッセイを読んでいたら、大衆演劇や見世物小屋などの研究者で京都在住の学者の鵜飼正樹（芸名・南条まさき）の「むしろ人より一歩も二歩も遅れつつ、落ち穂拾いのごとく、人の見落としたものごとを発見する楽しみを忘れず……」という言葉を紹介していた。

この鵜飼氏の言葉に、わたしは勇気づけられた。

古いとおもわれているものの中にも、おもしろいものやすこし工夫すれば、今でも十分通用するものもある。人より一歩も二歩も遅れる、というのは、単に時代遅れになることではない。人とちがう方向に進むことで、他の人が気づかないことに気づくこともある。一歩、二歩後ろから世の中を見ると、今、当たり前とおもわれている常識もいずれは古びていくし、変わっていくということもわかる。

今の自分のいる場所以外のもうひとつの視点を持つというのは、ものを考えるときにも有用である。

ある種のアナクロニズムの効用はあなどれない。

最先端の「独創」もあれば、周回遅れの「独創」もある。

目立たないところで、誰もやらないことをコツコツ続ける。たいていの人は同じことを続けていると、だんだん飽きてくる。どうすれば、ずっと地道にひとつのことを続けられるのか。

その答えも鵜飼氏の短い言葉の中にある。

「発見する楽しみを忘れず……」

毎日、同じことを繰り返しているように見えても、そこにはちょっとしたちがいがある。そのちがいに気づくか気づかないか。

「独創と持久」のためには、努力や忍耐だけではなく、小さな発見を楽しむ能力が必要だとおもう。まあ、そういう才能は、なかなか人に気づいてもらえないのですが……。


長い歴史の風雪に耐えてきた古典には、人間の普遍性を貫く何かしらの知恵がある。学生のころ、わたしはそのおもしろさに気づかなかった。古文や漢文の授業は退屈だったし、国語の成績もよくなかった。

ただ、その退屈な授業中、国語の先生（世界史の先生だったかもしれない）が「古典であれば、和洋問わず、何でもいい。とにかく君たちの人生の中で、一冊でもいいから繰り返し読む古典を持ってほしい」といった。

学校で習ったことはほとんど忘れてしまったが、その言葉だけは頭のかたすみにずっと残っている。

わたしがよく読み返すのは、洪自誠《こうじせい》の『菜根譚《さいこんたん》』である。

儒教、道教、仏教の教えを人生哲学に煎じ詰めた中国・明代の書で、寛容、無欲、中庸を説いた処世の本として日本でも広く読まれている。

「世渡りは一歩ゆずるのがゆかしい。さがるのはつまり進む下地だ。他人には一分よけいにやるがよい。人のためが実はわが身のためとなる」（魚返善雄訳）

いかに厄介事を受け流し、平穏無事に生きるか。大人になって、仕事や人間関係がうまくいかず、苦境に陥ったとき、ふと『菜根譚』を読んで、昔の人も自分と似たようなことで悩んでいたことを知った。そのあまり前向きではない隠者の教えは、実生活の苦労に比例し、味わい深くなる。

今すぐ役に立つことではなくても、移り変わりの早い世の中に翻弄されたり、自分の不安定さに疲れたりしたとき、古典を読むと、すこし落ち着きを取り戻すことができる。昔の人の箇素な生活を知ることで、今の自分の生活を見つめ直せる。

高校卒業後、二十年ちかくの月日が流れた。それでも恩師の言葉をおもいだし、ときどき本棚から『菜根譚』を取りだす。現実逃避の意味合いもなくはないが、「一冊の古典を持つこと」という教えのありがたみは年々増している。

古典を読む余裕を持つこと自体、暮らしをちょっと豊かにしてくれる気がする。


親が子どもを心配するのは当然のことかもしれない。しかし子どもからすれば、親が悩みの種になることも少なくない。

親子といっても価値観はそれぞれちがう。親の知識や経験が、かならずしも子どもに通用するとはかぎらない。親のおもいどおりに子どもは育たないし、子どもは親のおもいどおりに育ちたくない。

河盛好蔵著『親とつき合う法』(新潮文庫)は、一九六〇年代に週刊誌で連載していた「あぷれ二十四孝」の改題作。著者はフランス文学者で評論家であり、二〇〇〇年三月に九十七歳で亡くなったが、長く共立女子大学で教鞭をとっていた人物でもある。

河盛好蔵によると、子どもは親とは別のものになりたいと努力しなければならないそうだ。つまり親と子の価値観のズレはあって然るべきというのがその論旨である。

わたしは進学や就職のさい、親（母）ともめて、四十歳すぎた今でもその関係は修復していない。

なぜ親と子は理解し合うことがむずかしいのか。

子どもは大人と比べて、ものすごいスピードで成長する。そのため親は子どもの位置を見失う。親子がお互いを理解し合うには、会話が大切だという。

「親子の間で、たがいに相手に笑わせ、楽しませるというのでなければ、暖かい家庭の雰囲気は出て来ない」（無事な家庭）

話題のとぼしい親に、いくら「勉強しなさい」といわれても、子どもはつまらない（とおもう）人の意見は聞かない。つまらない人の意見を聞けば、自分もつまらない人間になるとおもうからだ。

子どもだって、話題が豊富で自分に歩み寄ってくれる大人の意見は、けっこう素直に聞くところがある。また大人子どもにかぎらず、人は自分の話を聞いてくれる人を嫌いにならない。

今から五十年前に書かれた文章だが、この本には、親子の問題だけでなく、教育の世界にも通じる深い洞察が含まれている。

二

十代後半から三十歳前後、もう若くもなく、かといって、実績があるわけでもないという中途半端な時期に、阿佐田哲也著『ギャンブル人生論』（角川文庫）の「不良少年諸君」というエッセイを読んだ。

次から次へと新しい書き手が出てくる。すると、誰かが第一線から脱落する。

「この場合、一番脱落しやすいのは、個性に乏しい巧味で持っている人です」

巧味で持っている人は、いわれたことは無難にこなすけど、フリーランスの世界ではそういう能力はいくらでも代わりがいる。

「喰い殺されないために、類型的になってはならないのです。比較的たやすくなれる位置は、他人にたやすく奪われる位置でもあります」

生き残るためには、代えのきかないユニークな存在になること。

ユニークな存在になる方法は簡単ではない。誰にでもすぐにできるような方法を拒否する覚悟がいる。でも型破りであれば、通用するとは限らない。

同書の「深夜に現われた若者に関する話」では、突然、家にやってきたギャンブラー志望の若者にこんな助言をする。

「ひとつのことだけをしていると、自分を見失う。たとえば学校へ行くだけでは不十分だ、麻雀打つだけでもいけない。正反対のことを同時にしてみるがいい。若いうちは無理にでもそうしていくんだ。現在雀ゴロならまず学問さ」

そして若者に大学受験をすすめる。社会の基礎と大綱を学んでおいて損はないと……。類型に陥らないためには、類型を知る必要がある。

雀聖・阿佐田哲也の人生論は、正解ではなく、いかに試行錯誤すればいいのかを教えてくれる。

人は群をつくる生き物といわれるが、当然ながら、どうしても群からはみだす人がいる。だから群の中で生きるための教育だけでなく、そこからはぐれてしまったときの知恵も必要になる。

学校になじめない。家族とうまくいかない。自分の住んでいる町が好きになれない。

十代のころのわたしは、「普通」とか「当たり前」がよくわからず、すこし前に流行った言葉でいえば、「空気が読めない」タイプだった。おかげで読書に熱中できたのだが、そのころの後遺症はずいぶん長く続いた。

河合隼雄と吉本ばななの対談集『なるほどの対話』（新潮文庫）に「若者のこと、しがらみのこと、いまの日本のこと」という章がある。近所付き合いもふくめた人間関係のしがらみでがんじがらめになる。まわりとちがうことをやろうとすると、たえず摩擦が生じ、学生らしさや男らしさや女らしさを求められ、そこからはずれると生きづらくなる。

社会のしがらみの感じ方には個人差がある。まったく苦にならない人もいれば、それがつらくてしょうがない人もいる。

高校時代の吉本ばななは、学校にまったくなじめず、寝てばかりいたと語る。河合隼雄はそういう時期を「さなぎの時代」といっている。「さなぎの時代」は外界と折り合いがつかない自分を守るための時間といえるかもしれない。

「河合　いま現代人は、みんな『社会』病にかかっているんです。なにも、社会の役に立たんでもええわけですよ。（中略）だいたい社会というものが、あるのか、ないのか。それから、なんで貢献せないかんのか、とか。全部、不明でしょ、ほんとのとこは」

『なるほどの対話』は、思春期の繊細で微妙な問題から文学や仕事のことまで大らかに語り合った対談集で「さなぎの時代」をすごした学生時代の自分に教えてあげたい話がつまっている。

「仮面ライダー」「サイボーグ００９」などのヒット作を生んだ石ノ森（石森）章太郎に『絆――不肖の息子から不肖の息子たちへ』（鳥影社）という本がある。

十七歳でデビューし、晩年まで第一線を走り続けた漫画家は、若いころから本を乱読し、映画や音楽に耽溺していた。漫画家仲間のあいだでいち早くテレビやステレオを買った。一ドル三百六十円の時代に世界一周旅行をしている。漫画の成功で得たお金を惜しみなく自分に注ぎ込んだ。

石ノ森章太郎は「天性のセンス」のようなものを信じてなかった。頭のなかであれこれ考えるひまがあったら、とにかく手を動かしたほうがいい。才能の大半は、技術と体力だと考えていた。

しかし『絆』を読むと、彼の才能は好奇心からきているようにおもえる。

石ノ森章太郎の生家には戦前の古い雑誌が物置につまっていた。若き日の彼にとって、それは宝の山だった。中学生になると、父の本棚にあった日本文学全集やカントやヘーゲルなどの哲学書を手あたり次第に読んだ。

「子ども時代に味も匂いも風味もわからずひたすらガツガツ喰らった活字は、確実に僕の作品の下地になっている」

若い人へのメッセージを依頼されると「人生は木のようなもので、まっすぐに伸びた幹だけの木よりも、枝があちこちに伸びている木のほうがおもしろい」とくりかえし答えていた。

枝が伸びれば伸びるほど、見える世界が変わってくる。

もし子どもが何かに熱中したら、気がすむまで追いかけさせる。そうした経験を積むことで、自分で調べたり、考えたりすることのおもしろさをすこしずつ学んでいく。

好奇心は自主性を育て、自主性が育てば、好奇心をより強くする。

このふたつは不可分の関係なのである。

学生時代も仕事をするようになってからも「もうすこし時間があればなあ」とおもいながら暮らしている。おそらく時間の使い方が下手なのだろう。もっと余裕をもって準備しておけば、こんなに焦ったり、失敗したりせずにすんだはずだが、後の祭り。今後すこしでもましな人生を送るために時間の勉強をすることにした。

J＝L・セルヴァン＝シュレベール著『時間術』（榊原晃三訳、新潮社）によれば、現代人は工業時代初期の人と比べて何倍も自由に使える余暇の時間があるそうだ。

しかし、文明が進むにつれ、生活の時間はどんどん細切れになり、多くの人が時間が足りないと感じるようになる。

子どもは八歳以前に時間を読むことや日と月と年などの仕組を学ぶ。ただしそれは単なる「時間の記号」にすぎない。「時間の感覚」を身につけるまでには長い年月がかかる。

その「時間の感覚」は年齢とともに変化する。「人の生きられる時間」は限られているから、中年に近づくと、時間は貴重になると同時に稀少になる。

時を失うことはできても、得ることはできない。

『時間術』の著者は「時をコントロールするとは、徹頭徹尾、自分自身をコントロールすることである」という。

では、どうすれば時をコントロールできるのだろうか。

・自分が自分の時間を何に使いたいかを知っていること。
・生活のひとつひとつの行為や局面にたいし、本能と経験を発達させること。
・日常の行動や思考のさい、今、自分が行っていることへの自覚を深める。

学問であれ、スポーツであれ、仕事であれ、何にでも通用しそうな、きわめて汎用性が高い教えだろう。問題は、この教えが身につくまでにどのくらいの時間がかかるのかということだ。

遠藤周作著『狐狸庵人生論』（河出文庫）の「隠れた才能引き出せ」というエッセイにこんな話が出てくる。

少年時代の遠藤周作は劣等生だった。その理由のひとつに「自信のなさ」をあげている。「『○○をしてはいけない』『お前はバカだ』『お前は不良だ』『お前は人生の敗北者になるぞ』。そういう言葉を学校でも教室でも毎日、聴かされればどんな生徒だって自信がなくなってしまう。学校がイヤになっていく」

ひとつでもいいから彼らの才能をほめること。その人その人の美点を発見し肥料を与えること。

「ほめられれば才能はのびるのである」

若いころは劣等生でも優等生でもちょっとしたことで自信をなくしたりする。逆に、何てことのない一言がきっかけで自信をつけることもある。

わたしにもそういう言葉をかけてくれた恩師がいる。

高校時代、学年でも後ろから数人という成績だったから当然のように一浪した。

当時から本が好きで将来は文章を書く仕事がしたいとおもっていた。たまたま予備校の講師にそのことを話したところ、すかさず「だったら東京に行ったほうがいい」といわれた。ほめられたわけではないが、その言葉はすごく励みになった。漠然とした自分の夢にたいし、何かしらの方向性を与えてもらった気がしたのである。

その結果、サボりまくっていた講義をちゃんと受けるようになった。聞いていても半分くらいわからなかったのだが、すこしずつ成績もよくなった。

数年後、食えないフリーライターになって、何度となく自信を失うことになるのだが、それはまた別の話だ。

先日、ひさしぶりに恩師と会ったら「え？　そんなこといったっけ？」といわれた。

まあ、そういうものである。

学校というのは、集団生活における基本を身につける場所でもある。ルールを守る、まわりに自分を合わせる、人の迷惑にならない。今風にいえば、空気を読む能力も大切かもしれない。いっぽう、いつの時代にもどんな場所にも集団行動が苦手な子どもがいる。

富士正晴著『狸ばやし』（編集工房ノア）に「わたしの頑固作法」というエッセイがある。「頑固とは物事のすじみちや道理をわきまえず、又、それに通じていないために、素直でなくてねじけており、外からみて見苦しく、卑小で、おろかしいことであるということになりそうで、余り感心した性資、人柄を意味しないということになる」

富士正晴は、大阪郊外の竹藪に囲まれた家に蟄居《ちっきょ》していたことから「竹林の隠者」とも呼ばれていた詩人であり、作家である。その知識や人柄には、司馬遼太郎や開高健も一目を置いていた。

幼いころから、式典ぎらい、運動ぎらい、合唱ぎらい、遠足ぎらいで、とにかくこの世と歩調を合わせることが苦痛で、恥ずかしくおもっていたという。

怠け者で協調性がない、教育者泣かせの子どもだった。

その後も、旅行を楽しまず、盛り場や人の集まるところに立ち寄ることを避け、「坐って本を読んでいるのが一番気楽でいいという今の自分」になった。

富士正晴は自身を「無害無益」な性質と述べているが、傍からは頑固者におもわれていた。

ただし、頑固者は、常に妥協せず、自分の感覚で押し通す人というような意味合いもあり、

「厄介だが天晴れ」という見方もなくはない。頑固とは社会不適応の一種ともいえるが、世の中の同調圧力に屈しない強さを身につける場合もある。

頑固者に生まれついてしまったら、ちょっとやそっとでは直らない。まあ、直らないから、頑固といわれるわけだが……。


教師にとっても、学生にとってもよい時代と悪い時代がある。

鶴見俊輔著『ことばを求めて1』(太郎次郎社、一九八四年刊)を読んでいたら、そんな話が出てきた。

軍国主義のまっただ中で学生時代をすごした鶴見俊輔は、悪い時代のときの教師にいちばん要求されるのは「うしろ姿で伝える」ことだと語る。

鶴見俊輔にとって、もっとも印象に残っているのは、中学のころの音楽の先生だった。その先生は梁田《やなだ》貞《ただし》という帝国劇場で歌っていたテノール歌手で「城ヶ島の雨」や「どんぐりころころ」の作曲者でもある。

当時の鶴見少年はそんなことはまったく知らなかった。

中学校の授業で梁田先生は、ピアノを弾きながら、自分の好きな歌(「霞か雲か」)を恍惚と歌い上げていた。聴き手が誰であろうと、場所がどこだろうと好きな歌を演奏し唄うことがうれしくて仕方がない。そのことが彼の「うしろ姿」から伝わってきたそうだ。

「よい教師というと、その先生をわたしは思い出しますね。たいしたもんだなあ、とおもう。そこによろこびがある。それが教師と生徒との生きかたにもふれるんです」

軍国主義の「正しい答えは一つしかない」という風潮の中、その音楽の先生にはそうした姿勢がまったくなかった。

「自分はこの歌が好きです。きみはどうかという姿勢です。そして、その選択はそれぞれの自由にまかせている」

楽しそうに喜びながら人に教える。その姿を見た子どもは勝手に何かを感じとる。

鶴見俊輔は、子どもたちに正しい一つの答えに早くたどりつかせることより、教師の人間味を伝える「うしろ姿の教育」のほうが大切だと考えていた。

長く記憶に留まり、深い印象となって子どもたちのその後の人生に影響を与えるものは、たぶんそうした姿勢なのだとおもう。


勝負の世界は紙一重。

では、紙一重の差はどこでつくのだろうか。

野村克也、米長邦雄著『一流になる人 二流でおわる人』（致知出版社）は、プロ野球の名監督と永世棋聖の棋士が、勝負の厳しさについて論じ合った好著である。

たとえば、プロ野球のペナントレースで優勝するチームは三勝二敗ペース、最下位のチームは二勝三敗ペースである。そのときそのときは僅差であっても、それが積み重なると大差になる。

将棋のタイトル戦も五番勝負になると、二勝二敗になって、最後の一番で決まることが多い。タイトル戦を争うようなプロ棋士の実力は拮抗しているため、完勝や完敗はほとんどない。そのわずかな差を克服するのは、「わずかなことに気づく。気づいたわずかなことをコツコツと積み重ねる」（米長）、「人に倍する努力で基本は積み重ね」（野村）だという。

僅差の積み重ねが勝敗を分けるように、個々の能力も「わずかなこと」に気づくことが大きな意味を持つ。

プロ入り当初、野村克也は打率二割五、六分の壁をなかなかこえることができなかった。プロの世界には素質ではかなわない選手がたくさんいる。人一倍練習しても彼らには追いつけない。そこで読み——相手投手の球種やコースを研究し、自分の欠点を補おうとした。その結果、三冠王を獲得し、後のＩＤ野球を生むことになった。

いっぽう米長邦雄は「将棋の力が伸びるのは十八歳まで」で、その後はその力を土台にして、経験や工夫を加えるしかないという。「そのためにも、若いときに自分が目指すものに溺れるほどに打ち込んで、情熱を燃やすことが大切なのです」

わずかな気づきと地道な積み重ね。野球と将棋、ジャンルはちがえど、僅差を制する秘訣は共通しているようだ。

散歩の途中に寄った古本屋で豊田有恒著『SF的発想のすすめ』（文化放送、一九七八年刊）を買って、何の気なしに読んでいたら、「手塚治虫の漫画には、どんな難しい科学用語、SF用語などでもすこしの遠慮もなく使われている」という一文に出くわした。

子どもだからわからないと考えるのではなく、どうしたら理解してもらえるか。手塚治虫はどんなに難解なテーマであっても、絵といっしょに説明すれば、子どもにもじゅうぶん伝わるという信念をもっていたにちがいない、というのが、〝虫プロダクション〟にいたこともあるSF作家の豊田有恒の見解だ。

「手塚治虫の創作態度は、つねに読者の知的探究心を喚起して、自分の主張やテーマの中にたくみにひきいれてしまうことを第一としている」

たとえば、手塚治虫の初期SF三部作の『来るべき世界』では、核実験のおこなわれた島を舞台にし、その島で生まれた怪生物を説明するさい、「突然変異」を意味する「ミューテーション」のドイツ語読みの「ムタチオン」という言葉を使っている。

手塚治虫自身は、「そんなSF用語なんかおよそない頃の作品でして、医者の勉強をドイツ語でならったぼくといたしましては、キザにドイツ語を使ってみたくなったわけ……」と弁解しているのだが、手塚作品に魅了された子どもたち（わたしもそうでした）は、物語の面白さを味わいつつ、同時に新しい言葉を知る好奇心も刺激されたのである。

漫画やSF小説がきっかけで、本が好きになった人はけっこういる。自分の理解や想像をこえた世界に出会うことも読書の醍醐味だろう。

小学生のころ、わたしは手塚治虫の『火の鳥』を読んで、知恵熱を出した。それまで味わったことのない心地よい疲れだったことは、今でもうっすらとおぼえている。

すぐにしなければいけなかったのに
あそびほうけてときだけがこんなにたってしまった

これは辻征夫《ゆきお》の「宿題」という詩の抜粋。身につまされる詩だ。どうにかしたいとおもいつつ、時間ばかりがすぎてゆく。でも「ぐうたら癖」や「逃避癖」は人間の習性だという説もある。

ピアーズ・スティール著『ヒトはなぜ先延ばしをしてしまうのか』（池村千秋訳、阪急コミュニケーションズ）は、仕事や勉強などになかなか取りかかれない人々のことを研究している。

作者自身、この本を書くのにパソコンのゲームで遊んでしまって捗《はかど》らなかったらしい。

つらい課題（＝価値の小ささ）をこなしても、報われるとはかぎらない（＝期待の低さ）。逆に周囲には「勉強するより楽しいこと」があふれている。

人間にかぎらず、多くの動物にはいまの瞬間だけを考えて行動する衝動性が備わっている。だからしめきりは、未来が「いま」に変わるまで――無視される。

おもわず納得。では、どうすればこの習性を克服できるのか。

まず「課題が退屈」という考え方を変え、ゲーム感覚をとりいれる。それから「なにを避けたいか」ではなく、「なにを実現したいか」という目標を決める。

とはいえ、誰でも疲れてくると「先延ばし」をしたくなる。朝型夜型に関係なく目が覚めてから四時間程度が脳が最も活性化する。「一日の終わりの疲れ切っている時間にレポートの執筆の試練に挑むのは賢明ではない。最もエネルギーがみなぎっている時間に取り組むのが得策だ」

課題をやりとげるさいには「ゴールを設定すること」が大切。できれば最終ゴールの前に途中の目標をいくつか作ったほうが、モチベーションも高まるそうだ。

よしわかった。でも疲れたから今日は寝る。あれ？

とくに何かを調べるわけでもなく、ひまつぶしに寝っ転がって本の頁をパラパラめくっているときに、おもわぬ知見に出くわす。

先日、津村記久子著『やりたいことは二度寝だけ』（講談社）という本を読んだ。著者は『ポトスライムの舟』で芥川賞を受賞。今も会社に勤めながら、小説を書く二足のわらじ作家である。

「こんなはずではなかった」というエッセイでは、小説家になった後も「仕事のやり方が中学の時の勉強の仕方と同じ」と自嘲気味に綴っているのだが、その方法は、受験生の参考になるような気がする。津村さんは学校や塾の宿題をやるとき、ひとつの課題をこなすたびに、各所から集めてきたシールを専用の台紙に貼っていた。お気にいりのシールは、より困難な問題を解いたときに貼る。

シールを貼ることは、自分へのごほうびであると同時に「その日の成果」を確認する作業でもあった。毎日勉強していても、ちゃんと力がついたかどうか実感するのはむずかしい。どんなに努力しても、すぐ結果が出るとは限らない。でもやればやるだけ、シールの数は増えていく。

いっぽう当時、学校から帰ってきて塾に通うことが苦痛で苦痛で仕方がなかったと回想している。「それほど中学の時は、勉強に引きずり回されていた。大した成績でもなかったのに」（「いい鍋と塾通い」）

小さな目標設定と小さなごほうび――これは最新の脳科学でもやる気を持続させる上できわめて有効な方法といわれている。また近年、ビジネスの世界でも、見えにくい作業を見えやすくする経営上の手法を「見える化」とよび、その効果が注目されている。

中学生のころの津村さんは知らず知らずのうちにそのことを会得していたわけだ。昼は会社員、夜は小説家のハイブリッドワークを続けていられるのも、そのおかげかもしれない。

なんとなく落ち着かないときに詩人で哲学者で登山家の串田孫一《まごいち》の本をよく読み返す。中でも『自分を歪めないこと』（リクルート出版）は大好きな本だ。穏やかでやさしい文章がとても心地よい。串田孫一はなんてことのない小さな疑問をゆっくり考える。答えを急がない。むしろ考えても考えても答えが出ないことのほうが多い。

あるとき電車の中で近所の食料品店の主人を見かけた。店主は中国語の会話の本を熱心に読んでいた。商売のためではなく、ただただ、隣の国の言葉くらい理解できるようになりたいとおもい、勉強をはじめたらしい。週二回、中国人の家に行き、掃除や力仕事を手伝いながら、会話の指導も受けているという。

串田孫一は「私は自分の勉強の態度を考える機会を彼から与えられた」といい、気がつくと

「仕事に直接関係のある範囲」の勉強ばかりしていることを反省する。

「目標も立てず成果も考えずに、遊びに淫するように勉強を続けていけるようにしよう」(「隣国」)

ものを知ること自体に喜びがある。七十歳すぎて改めてそのことに気づく。

人間は弱く脆い存在で、生まれたままの姿では生きていけない。

生命を持続させるためには、本能や勘だけに頼っていられないこともある。

だからこそ知恵を必要とする。

その知恵が役に立つか無駄に終わるかはわからない。

「必要に迫られて役立つものだけを最小限に用意していられたら、勉強も楽しいだろうと思うのは虫がよすぎるし、望んでも不可能である」(「学ぶことについて」)

串田孫一は書物だけでなく、自然からたくさんのことを学ぼうとした。遊ぶように勉強するには、夢中になれること、学んで楽しいとおもえることを見つけるしかない。もしかしたら、それがいちばんの勉強なのかもしれない。

ジョン・セイヤー、クリストファー・コノリー著『スポーティング・ボディマインド——いかに心をコントロールするか』(浅見俊雄ほか訳、紀伊國屋書店、一九八六年

刊）という本がある。スポーツ心理学によるメンタルトレーニングの古典といってもいい本なのだが、まったく古びていない。

どうすれば、平常心を保ち、集中力を上げることができるのか。

スポーツでも勉強でも心の安定は重要な鍵になる。

まずリラックスするための簡単な方法を紹介したい。

立った姿勢（座っているときは背筋を伸ばす）で二、三回深呼吸し、ゆっくりと息を吐く。そのとき自分の中にある緊張が頭から地面に流れ込むイメージをする。そうやって心を乱す不安をからだの外に出す。

たったこれだけ。でも完全に不安を取り除くことはできない。

わたしは『スポーティング・ボディマインド』から緊張と緩和（リラクゼーション）は同じモノサシの上にあるということを教えられた。

それぞれ十段階くらいの目盛があるとして「今の自分の緊張度（リラックス度）は十のうちどのくらいだろう」と頭の中のモノサシで測るといいそうだ。

世界のトッププレイヤーでも試合の前には緊張し、不安になる。スポーツ選手だけでなく、チェスのプロなども、メンタルトレーニングを取り入れ、「集中しつつ、リラックスした状態」を作ることに力を注いでいる。それでもメンタルをコントロールすることはむずかしい。

しかし彼らは知っている。

どうでもいい試合であれば、それほど緊張しない。大切な試合だからこそ、プレッシャーをかんじる。そんな舞台に立てるのは、すごく恵まれたことでもあるのだ。

つまり、緊張に立ち向かう経験は、心を鍛えるための貴重な機会なのである。

「見ぬ世の友」という言葉がある。簡単にいうと、会ったことも見たこともない本の著者のこと。昔の人は「見ぬ世の友」と語らうように本を読んだ。

英文学者で随筆家の福原麟《りん》太《た》郎《ろう》の『本棚の前の椅子』（文藝春秋新社、一九五九年刊）にある「書物と人生」というエッセイにもそういう話が出てくる。

「思えば、読書というのはぜいたくな話だ。新しいまたは古くからの友人や先生が、いつでも傍にいてくれ、私の知らぬ創造の世界を開いてみせてくれる」

そして読まれる本の著者は「師友」であり、「よき師友が、そばにいてくれること」が、読書の真の喜びだと語る。

福原麟太郎は生まれた時代や国もちがう「師友」たちと「おや、そんなことがあるのですか。ああ、君はそう思うのか」と問答しながら本を読んでいた。

ときどき「ああ、これは解らない」「ちんぷんかんぷんだ」と愚痴をこぼすこともあった。

また「知識だけでわかるものは少ない」が、「本当のことがわかるまでには、相当の知識を積むことが手続きとしては自然に必要になるのではないか」と考えていた。「雑誌を読む楽しみ」というエッセイでは、子どものころ、新聞配達の人が家に雑誌を届けてくれていたときの話を回想している。

当時の福原少年は博文館の『少年世界』という雑誌を愛読していたのだが、家に届くまで待ち切れなくて、しょっちゅう街道の裏通りにある新聞配達の人の家を訪ねたそうだ。

「一冊一冊の雑誌が、まるで一人一人の人のように、具体的な姿をもって目の底に残っている」

今より娯楽がすくなかったとはいえ、一冊の本や雑誌に愛着をもち、真剣につきあい、味わいつくそうとした姿勢はぜひとも見習いたいとおもう。

真鍋博は、星新一をはじめ、SF小説の装丁、挿画などで知られるイラストレーター。本人の著作も数多く、その中に『ひとり旅教育――戦後派パパの大胆教育法』（文藝春秋、一九七一年刊）という本がある。

真鍋家では小さなころから子どもたちにハンカチやパンツの洗濯をやらせたり、ひとりで買物に行かせたりしていた。迷ったら、交番のおまわりさん、駅員など、制服のおじさんに道を聞けと教えた。電車に乗るときはあらかじめ時刻表で調べ、自分で切符を買う。子どもたちは行く先々で道を聞きながら、自分の力で軌道を修正し、目的地に辿りつく。

長男の真は小学三年生、次男の由は三歳のときに、ふたりだけで祖父母のいる四国まで旅をするようになった。

ある日、小学六年生になった長男の真が地図帳で瀬戸内海にある真鍋島という自分と同じ名前の島を見つけ、そこにひとりで行きたいといいだした。

電車で東京から福山まで行き、駅からタクシーで港に出て、船に乗って島に渡る。桟橋で旅館の看板を見つけ、ユースホステルに泊った。ひとり旅から帰ってきた息子のノートを見ると、宿で知り合ったお兄さん、お姉さんのメッセージがいっぱい記されていた。

真鍋博は、安全第一主義ではなく、子どもたちがひとりで生きていける力を身につけてほしいと考えていた。そして自分の教育方針がまちがっているかどうかは、彼らが「十年後に決断をくだすだろう」と述べている。

可愛い子には旅をさせよというけど、さすがにこのひとり旅はちょっと大胆すぎる気がする。ただ、自立心の大切さについては考えさせられる本だった。

ちなみに、その後、長男の真鍋真は古生物（恐竜）学者になり、次男の真鍋由はテレビ朝日のアナウンサーを経て、同局の報道記者として活躍中である。

物知りであるとか難しい問題を素早く解くとか、頭のよさにはいろいろあるけど、それと教養とは別のものである。

あらかじめ正解が決まっているクイズではなく、時には答えがあるようでないような問題や事態に柔軟かつ粘り強く対処する力も必要になる。

先日、哲学者の鷲田清一の『大事なものは見えにくい』（角川ソフィア文庫）を読んでいたら、次のような言葉があった。

「人生の大半の問題には最後の『答え』はない。しかし、『答え』がないからといって問いが解消するわけではない」

子どもの教育もそうかもしれない。「こうすればうまくいく」というような万人向けの正しい「答え」があるわけではない。時間とともに、これまでは通用したやり方もどんどん変わっていく。でもどんなにむずかしくても、試行錯誤し続けるしかない。

鷲田清一は「『教養』とは、一言でいえば、何がほんとうに大事で、何が場合によってはなくしてもいいものかを見分ける力のことである」ともいう。

では、どうすればほんとうに大事なことを見分けられるようになるのか。

自分の関心あること以外の分野にも好奇心をもち、わからないけどすごいとおもうものにたくさん触れたり、なんだろうと考えたりする。

そうした思索を鷲田清一は「冒険」と呼んでいる。

未知で不可解なものにたくさん触れ、どれだけ深く考えるか。未知で不可解なことをどれだけおもしろがれるか。いろいろなものを吸収し、取捨選択していくうちに、すこしずつ、何が大事で、何が大事でないかがわかってくる。

あとは自分の大事なことだけでなく、他人が大事にしていることも大事にできるか。

これも難しい問題です。

伊集院静著『逆風に立つ――松井秀喜の美しい生き方』（角川書店）を読む。

読売ジャイアンツ、ニューヨーク・ヤンキースなどで輝かしい成績を残した松井秀喜選手だが、彼の野球にたいする真摯さ、人柄のよさに魅了されたファンも多い。

わたしもそのひとりである。

伊集院静が松井秀喜と対談したとき、こんな会話を交わす。

「一度も人前で人の悪口を言ったことはないの?」

「はい、ありません」

中学二年のとき、父と人の悪口を言わないと約束し、それを守り続けていると……。

松井選手は謙虚さだけでなく、強靭な精神力を併せ持つ。プロ野球選手としての素質だけでなく、努力の才能にも恵まれていた。

伊集院静はその内面の素晴らしさに驚き、感動する。

いったい彼はどんなふうに育てられたのだろう。

父・昌雄は子どもを呼び捨てにせず、いつも「ヒデさん」と敬称をつけて呼んだ。何か間違えたことをしたら「なぜそうしたか」と問いかけ、じっくり話し合い、子どもたちに考えさせた。そして「自分のことは自分で解決しなさい」と教えた。

星稜高校時代の恩師の山下智茂監督は「自分の生涯で松井ほどの打者に出逢ったことはない」と語る。星稜野球部のロッカールームにはこんな言葉が貼ってあった。

心が変われば　行動が変わる
行動が変われば　習慣が変わる
習慣が変われば　人格が変わる
人格が変われば　運命が変わる

伊集院静が松井秀喜と会って、母校の話になると、この文章をすらすらと口にした。高校時代に山下監督からこの言葉を贈られ、以来、彼の座右の銘になった。

実はこの教え、最後に《運命が変われば　人生が変わる》という一行がつくこともある。原典は諸説あるのだが、もともとヒンドゥー教の言葉らしい。

趣味は将棋。といっても、仕事の前に詰め将棋を解いたり、将棋の本を読んだりするくらいで、実戦はほとんどしない。

将棋というゲームそのものよりもプロ棋士の存在に関心がある。ほんとうにすごい人たちばかりなのだ。タイトル戦を争うようなトップ棋士になると、どれほど強いのかわからないくらいすごい。一手指すのに何時間も長考する。ずっと座りっぱなしで対局しているにもかかわらず、一局終えると体重が二キロくらい減る。将棋の世界には「脳みそが汗をかく」という言葉もある。

島朗《あきら》著『島研ノート——心の鍛え方』（講談社）を読み、あらためてわたしはプロ棋士の素晴らしさを知った。

島研というのは、長年にわたり将棋界のトップ争いをくりひろげている羽生善治、森内俊之、佐藤康光が十代のころに参加していた研究会のこと。もちろん、島研の島は島朗の島である。もともとプロとしては島朗のほうが先輩で段位も上だった。しかし島は年少の彼らの人柄や才能に惚れ込む。

「今も島研で、私が何かを教えたりしたことは何もなかったと思っている」

『島研ノート』でわたしの印象に残ったのは「三年先の稽古」という言葉だった。相撲の言葉で三年後くらいに効果があらわれる稽古という意味らしい。

目先の勝利のための研究ではなく、すぐには結果の出ないことにどれだけ地道に取り組めるか。すぐ身につくような力や技術はプロの世界では通用しない。

「学習や勉強は、その場で学び聞いただけではどうしても忘れていく。復習や、自分なりに理解の弱い部分を何度も考えてみて、自分にしかつかめない『上達の感覚』を初めて感じることができる」

おそらく「三年先の稽古」に終わりはない。でもそれを続けられる力を身につければ、一生の宝になるだろう。


このところ、佐藤正午の随筆集を読み続けている。『永遠の1／2』や『ジャンプ』など、数々の話題作を発表している小説家だけど、『ありのすさび』『豚を盗む』『象を洗う』（いずれも光文社文庫）という変わった題名のエッセイ集も味わい深い。

『象を洗う』所収の「先生との出会い」は、小説家としてデビューする前、長崎・佐世保の書店で雑誌を立ち読みしていて、「天啓のように僕の胸の空白を満たして、感動のあまりその場を動けなかった」エピソードを綴っている。

立ち読みしていた雑誌の記事は、子どもが自転車の乗り方や泳ぎ方を覚えるのと同じように英語を読むコツも一度おぼえてしまえば二度と忘れないというものだった。

なぜ、この記事を読んで感動したのか。

「その雑誌の筆者は、むやみに努力しろと命じるのではなく、努力すれば報われるものがあることを、これ以上ない、目から鱗が落ちるような判りやすい譬え話で教えてくれている。たぶん僕はその判りやすさに感動していたのだろう」

英語を読むコツにかぎらず、何事も自転車の乗り方や泳ぎ方をおぼえるのと同じといわれたら、「ちょっとやってみようかな」とおもえる。

また「努力してできるようになる」という喜びそのものに意味がある。「なぜこんなことができないんだ」と怒るのではなく、できなかったことができるようになる楽しさを知る。はじめからうまくはいかない。夢中になって練習し、転んだり、溺れそうになったりして、いつの間にか、二度と忘れないコツを身につける。

その感覚を知ることは子どもにとって貴重な経験になるし、大人になって何か新しいことに挑戦するときにも自信になるはずだ。

佐藤正午が英語がすらすら読めるようになったのかどうかは秘密にしておく。

源氏鶏太《けいた》はかつて一世を風靡したサラリーマン作家だった。戦前、住友合資会社に就職し、長年、経理の仕事をしていた。会社を舞台にした数々のユーモア小説を書いていたが、サラリーマンと小説家の二足のわらじ生活は多忙を極め、後に専業作家になった。

『わたしの人生案内』（中公文庫）に「ユーモアのない一日」という随筆がある。この題は、島崎藤村の「ユーモアのない一日は、極めて寂しい一日である」からとった。源氏鶏太は、現実に夢やユーモアを加えることが人間の英知だと考えていた。

現実に夢を描くことで人間性が豊かになる。といっても、夢をかなえるために、ずっと根をつめていると息苦しくなる。そこでユーモアの出番である。

「ユーモアとは、この人生の潤滑油であり、また、薬味のようなものであろう。これがなかったらこの人生は、およそ索莫たるものになってしまう」

夢や目標に向って頑張ることはいいことだとおもうが、そのためにユーモアを忘れ、毎日が「寂しい一日」になってしまうのは、考えものだ。

源氏鶏太の小説やエッセイを読むと、サラリーマンにたいし、仕事を手抜きせず、真面目に取り組み、努力することをくりかえし奨励している。同時に、それだけでは幸せになれないということもほのめかしている。

わたしはサラリーマン経験はないのだけど、周囲がピリピリしているときに、その空気を一瞬で和らげるような人と出会うとほんとうに感心する。ものすごく忙しいはずなのに楽しそうに仕事をしている人を見てもそうおもう。心に余裕があるかんじがする。

子どもの受験をひかえた家庭にもユーモアは必要な気がする。それは人生だけでなく、きっと勉強の潤滑油や薬味にもなるんじゃないかなあ。

世の中にはさまざまな矛盾があり、その矛盾の中に、ほどよいかげんがあったりする。たとえば、わがままはいけないというが、あまりにもわがままさをなくしすぎてしまうと、まわりに流されてばかりの人間になりかねない。

松田道雄著『わが生活 わが思想』（岩波書店）のなかの「都市の子ども」という一九七三年に発表されたエッセイを読んだ。

子どもの成長のためには、大人に管理されない、自由な遊び場がなくてはならないという。しかし都会ではそういった場所がどんどん減っている。

なぜ自由空間が必要なのか。

大人が子どもにあれこれ口を出す。当然、子どもは抑圧をかんじる。でも外に出て、友だちのいる道路や原っぱで遊べば、自由をとりもどすことができる。別に放任すればいい、伸び伸び育てればいいという話ではない。時には厳しく叱らざるをえないときだってある。「自由空間は、しつけによっておこる親子のあいだの冷戦をたえず消去していく役をしている」

さらに自由空間でくりひろげられる即興の遊びは、子どもたちの連帯感や創造性も育てる効果があるそうだ。

ロングセラー『育児の百科』（岩波文庫）の著者でもある松田道雄は四十年も前に町中から子どもたちの遊び場が失われることを危惧していた。

与えられた課題をこなすのは得意だけど、自分で考えて行動するのは苦手——いわゆる

「指示待ち人間」が増えたのも遊び場の減少と関係あるのかもしれない。

とはいえ、子どもって、けっこうたくましいし、したたかですよ。怒られても反省したふりをしたり、勉強中にちゃっかり息抜きしたり、失敗からいろいろ学んだり……。

大人は子どもを心配しすぎないこと。まあ、それがむずかしいんですけどね。


日 本SF作家クラブ編『未来力養成教室』（岩波ジュニア新書）は、新井素子をはじめとする九人の人気SF作家が十代のころをふりかえりながら「未来を切りひらく」ための秘訣を語った本。

大人になると、未来の希望がすこしずつ色あせていく。けっこうたいへんだからね、現実は。この本の中で、三雲岳斗は「想像力というものは、むしろ集中力や暗記力などに近い、身体的な能力だ」といい、想像力を鍛えておくと「少しばかり有利な立場で人生を過ごせる」と述べている。なぜなら「想像力とは、そのままでは辿り着けない場所に辿り着くための道具」だから。

将来、どうしても「〇〇」になりたいとおもう。それを実現するためには何が必要なのか。その道筋を描く能力も想像力にふくまれる。当然、漠然としたイメージを持っている人よりも明確なイメージを持っている人のほうが、その夢をかなえる可能性は高い。

受験だってそうだとおもう。

何となく「その学校に行きたいなあ」とおもっているだけでは、そのために何をすべきなのかが見えてこない。さらにいうと、子どもたちにとって、学校に入学することがゴールではない。そこで充実した日々を過ごすにはどうすればいいのか。卒業後の進路をどうするのか。未来への道はひとつではない。無限にあるといってもいい。数え切れない可能性の中から、自分に合った道を選ぶ。その選択のさいにも想像力はきわめて重要な役割をになう。この先、いろいろな人から「ああしたほうがいい、こうしたほうがいい」といわれるだろう。そのとき自分が幸せになれそうなイメージを大切にしたほうがいい。何より大切なのは、そのイメージを自分自身で作り出せる人間になること。

物語の世界で遊びながら、想像力を養う。それも読書の効能のひとつですよ。

な

んで勉強しないといけないのか？　子どものころ、何度そうおもったかわからない。

大人になって仕事をするようになってからは、自分の足りない何かに気づくたびに「勉強しなきゃなあ」とおもうことが増えた。

わからないことを知る技術、できないことができるようになるための知恵——どうすれば、それを身につけられるのか。

そんなことをぼんやり考えていたとき、苫野《とまの》一徳《いっとく》著『勉強するのは何のため？——僕らの「答え」のつくり方』（日本評論社）という本を手にとった。

著者は一九八〇年生まれの教育学と哲学を専門としている学者である。丁寧に思索を重ねながら「正解」ではなく、「納得解」を導き出そうとする。

この本のテーマの「勉強するのは何のため？」についても「『答え』は一つじゃないのです。人によって、また時と場合によって、勉強する意味や理由はさまざまに変わるし、またいくつもあってもいいのです」という。

そもそも世の中には「問い」自体が間違っている場合もある。たとえば、「はい」か「いいえ」で答えなさいといわれると、（どちらも不正解の可能性もあるのに）片方が正解だと錯覚しやすい。そうした「問いかけのマジック」をはじめ、人間には思考の落とし穴がたくさんある。

まずはその自覚が第一歩（これがけっこうむずかしいんですけどね）。そして「自分なりの正解」を見つけること。

勉強する意味は一つではない。でも共通の目標はある。それは何か。その答え（納得解）はこの本の第二章を参照してください。

さらに「学校に行くのは何のため？」「いじめはなくせるの？」と問いが続く。

読み終えた後、「哲学は何の役に立つのか」という長年の疑問も解消した。

今の子どもたちが大人になったとき、どんな世の中になっているのだろう。そのころには今の常識や価値観も変わっているかもしれない。しかしその変化を予想するのはむずかしい。だからこそ、どんな世の中になってもそれなりに通用するであろう能力や技能は身につけておいて損はない。

岩瀬大輔ほか著『五年後働く自分の姿が見えますか?』(角川oneテーマ21)は、これから社会に出る若者たちがどういう働き方、生き方をすべきかを論じている。

エコノミストの飯田泰之さんは、この先、人々の仕事が均質化し、差異がなくなる〝コモディティ化〟が進むと予想する。そうすると、競争が激しくなり、安さで勝負せざるをえない。その結果、人件費が安い海外に流れてしまう。今は権益が守られている職業もずっと安泰とは限らない。

そこで必要な能力とは何か。

「どの業界、どの職種に行くにしても、最も大事なのは人とのつながり、そしてそれを広げる能力なのです」

その力があれば「環境や情勢が変わっても生き抜ける」そうだ。

いっぽう社会学者の古市憲寿さんは未来予測は不確定要素が多すぎて意味がない、だったら今現在の幸せを大事にしたほうがいいという。また人間関係については、それほど頻繁に会わない「弱いつながり」も大切らしい。なぜなら「弱いつながりの知人は、自分があまり知らないことを知っていたり、新しいネットワークを持っている可能性が高い」からだ。五年後、あるいは十年後の社会がどうなるのかはわからない。それでも「人とのつながり」が大切なことは不変だ。

ちょっとした偶然の出会いによって、人生が変わることがある。もちろん自力も必要だけど、つながりの力はあなどれない。

今の子どもたちが大人になったときにも、その価値はきっと変わらないとおもう。

ジョン・ウッデン（一九一〇―二〇一〇）は、全米随一といわれたバスケットボールコーチで、長年、カリフォルニア大学ロサンゼルス校（ＵＣＬＡ）の監督をつとめていた。

ジョン・ウッデン、スティーブ・ジェイミソン著『元祖プロ・コーチが教える 育てる技術』（弓場隆訳、ディスカヴァー・トゥエンティワン）は、伝説の名コーチの教育哲学を集約した本である。最近、新装版が刊行された。

ウッデンは、結果よりもプロセス――試合の勝ち負けではなく、選手ひとりひとりが自分の最善を尽くしたかどうかを重視した。

「相手に無理やり何かをさせるのはやめよう。それよりこうなってほしいと思う模範を示すのだ」

ウッデンはけっして人前で選手を叱らなかった。「勝つ」という言葉を一度も使わなかった。そうしたウッデンの指導法に多大な影響を与えたのが彼の父親だ。父は彼に「自分がどうにもできないことに惑わされると、自分がどうにかできることに悪影響を及ぼす」と教えた。

他人からの批判や称賛に惑わされず、自分がどうにかできることに集中する。

試合もそうだろう。対戦相手の実力や審判のジャッジによって勝ち負けは左右されることもある。だからウッデンは個人個人がベストを尽くし、成長することを奨励した。

「最善の努力をする限り、それは失敗ではない」

それは彼自身の生活信条でもある。結果はどうでもいいという話ではない。ただ、「得点」や「優勝」は努力の副産物にすぎない。それより「勤勉」と「情熱」こそが、スポーツにかぎらず、あらゆるジャンルで通用するための土台だとウッデンは考えていた。

そうした資質を身につけさせる方法も、指導者（親）が手本になるしかない。

最善を尽くしましょう。

昭

和の子どもは、炎天下でスポーツをしていても水分補給が禁じられていた。苦しいおもいをすれば根性や忍耐力がつく。まちがった教えだ。

勉強の仕方もそうだ。

昔は「四当五落」という言葉があって、志望校に合格するには四時間睡眠で勉強しないとだめだといわれていた。

築山節著『脳から自分を変える12の秘訣』（新潮文庫）を読んでいたら、「昔の自分に教えてあげたい」とおもうことがいくつかあった。

人間の集中力はそんなに長く続かない。仕事や勉強に取り組める時間は限られている。だから「集中力を発揮できる時間帯」を作ることが大切だという。

疲れているときに、無理矢理、机にかじりついていても、頭がまわらない。それならちゃんと休んだほうがいい。そのことに気づいたのは、大人になってからだ。いや、つい最近のことだ。

「時間術の基本は『睡眠不足』と『過労』を避けることにある」

仕事も勉強も、睡眠や休息をとりながら続ける。子どものころ、寝てばかりいて、よく親に怒られたのだが、わたしのやり方はまちがっていなかったのだ。悔しい。

同じ著者の『脳が冴える15の習慣』（ＮＨＫ生活人新書）では「家事こそ『脳トレ』」と提唱している。

日ごろから料理や掃除などの家事をしていると自分を律する習慣が身につくだけでなく、前頭葉も鍛えられるらしい。また忙しいときほど、机や身の回りの整理を優先したほうがいいとも……。

子どものころ、整理整頓ができなくて、よく怒られてたなあ。脳にいいとわかっていても、実行できるかどうかは別だ。

この問題を解決するには、脳科学の進歩だけではどうにもならない気がする。

ポール・タフ著『成功する子 失敗する子——何が「その後の人生」を決めるのか』（高山真由美訳、英治出版）は、アメリカの最新科学をもとにした教育理論を紹介している。子どもたちが「幸せ」になるには、どんな能力が必要なのか。「幸せ」になる子どもはどんな性格（気質）の子が多いのか。

KIPP（ナレッジ・イズ・パワー・プログラム＝知は力なり）というチャーター・スクールの全国ネットワークでは「性格は勉強と同じくらい大事だ」と考えている。「よい性格」は「よい人生」につながる。その性格の中には「やり抜く力」や「好奇心」や「自制心」や「誠実さ」や「感謝の気持ち」なども含まれる。これらは生まれつきのものではなく、習得可能なスキル——というのが本書のスタンスだ。

裕福な家に生まれ、過保護に育った子どもは「苦痛に耐える力がない」という傾向があるそうだ。子どもに不快なおもいをさせたくないという親心が、子どもの性格の発達に悪影響を与えることもある。だったら、厳しく育てればいいのかというと、それほど単純な話ではない。成果をあげることへの過大なプレッシャーも子どもの成長にとって、マイナスになることもあるからだ。

「若者の気質を育てる最良の方法は、深刻に、ほんとうに失敗する可能性のある物事をやらせてみることなのだ」

そして子どもたちが「やり抜く力」を身につけるためには「失敗の仕方」を学ぶ必要があるともいう。本書のテーマの「性格の強み」も失敗なくして身につけることはできない。

「よい性格」は、子どもたちの一生の財産になる。

ちょっと難しい本だけど、一読の価値あり。学力だけでなく、その土台となる「性格」の大切さを教えてくれる本である。

すこし前に刊行された本だが、フランソワ・デュボワ著『人生を豊かに歩むために大切なこと　どうでもいいこと』（ダイヤモンド社）を読んだ。

著者は、フランス出身のマリンバ奏者で、一九九八年に来日。その後、能力開発研究家、武術家（武当内家拳国際継承者）になり、慶応義塾大学でキャリアマネージメント講座を開講している。

なかなか謎めいた経歴だ。

デュボワは日本の学生と会って「日本では多くの若者が、自分自身で納得して人生を歩んでいない」と感じる。

彼はそんな若者にたいし、新しいことをはじめるとき、何を失うかという「引き算」ではなく、何を得られるのかという「足し算」を意識したほうがいいと助言する。せっかく、よい流れがきても「今、手にしているものを失うまい」とおもうと、チャンスを逃してしまう。

日本の家庭は、親が子どもに「人に迷惑をかけてはいけない」と言い聞かせすぎているのではないか。それより「自分は何ができるか。どんな貢献ができるか」という発想で物事を見つめたほうがいい。

多くの外国人は日本に来て、電車の席に子どもを座らせる親が多いことに驚くそうだ。

「教育をする上で大事なことは、自力で立っていられる気力と体力を養っておくこと」

デュボワは気力と体力が、何をするにも必要な「生きていくベース」と考えている。その力があってこそ、人生の幸せと充実に向かうための努力が続けられる。

また親は「世間で幸せとされていること」ではなく、「この子にとっての幸せ」を考えるのが、最大の課題だという。

何が人生にとって重要で、何が重要でないか。

そのことに気づくこと、考え続けることが、真の勉強なのかもしれない。

ヤマザキマリ、とり・みきの『プリニウス』（新潮社）という漫画がある。

プリニウス（西暦二三〜七九年）は、古代ローマの賢人――天文、地理、人間や動植物の生態、芸術まで、ありとあらゆるものを調べ、記録しようとした。

もちろん、現代人の目から見れば、プリニウスが遺した『博物誌』の内容は、事実とちがう記述がたくさんある。プリニウスの人物像に関しては、ほとんど記録が残っていない。だからこの漫画の彼は、作者の想像の産物といえる。

当時は、紙や筆記用具ですら満足できる質のものはなかった。そんな中、プリニウスは、誰も疑問をいだかないようなことをひたすら考え続ける。作者のヤマザキマリはプリニウスのことを「愛すべき変人」と評し、「『世界を丸ごと把握したい』という好奇心とそれに傾けるバイタリティが凄い」と絶讃する。

第一巻では、プリニウスが雨の中、雷を観察し続ける場面がある。側にいた人に「早くどこかに避難しましょうよ……」といわれても、彼はその場を動こうとしない。

どうして雷は光るのか、音が鳴るのか。当時のローマ人は、神が雲の中から光の槍を投げていると教えられてきた。プリニウスはその教えを疑う。ときには、いや、しょっちゅうとんでもない勘違いもするが、納得いくまで思索を重ねる。

古代ローマと比べると、今の時代は情報がありすぎる。その結果、わかっていないことまでわかった気になる。わたしも「これっていったい何だろう」とおもった途端、すぐ検索してしまう癖がついてしまった。

多少遠回りになっても、わからないことをあれこれ考える時間をもったほうが、好奇心も育つだろう。あまりにも度がすぎると、変人になる可能性もあるので注意が必要だが……。

（「進学レーダー」みくに出版、２０１１年６月号～２０１５年５月号）

4
男のまんが道

原田知世主演の『時をかける少女（通称〝時かけ〟）』が公開されたのは一九八三年の夏。とり・みきの『クルクルくりん』の連載が『少年チャンピオン』ではじまったのも、ちょうどそのころだった。このマンガの単行本二巻の扉の作者のことばには、「朝8時起床。『時をかける少女』の第一回目をみに行く。映画館を出て書店めぐり。知世の出ている雑誌をあさる。ポスターを盗もうとして店員になぐられる。午後。知世のレコード及び『時かけ』のサントラ盤を聴く。いっしょにセリフをしゃべる。興奮して再び映画館の最終回にかけこむ」とある。一九八三年の「時かけ」には「いい大人」をこんなふうにおかしくさせてしまう力があった（特殊な例かもしれないが）。

中学生時代、わたしはとり・みきの漫画を愛読していた。

地方の公立中学校は校内暴力の全盛期で、あまりいい思い出がないのだが、そんな中、とり・みきの『バラの進さま』（全三巻・秋田書店）と『るんるんカンパニー』（全六巻・秋田書店）をくりかえし読んで笑いころげていた。

さて、『犬家の一族』（徳間書店）は映画の「時かけ」から十年後の一九九三年に出たとり・みきの短編集である。

収録作の「クレープを二度食えば」は「進研ゼミ」の「中3チャレンジ」で連載していたSFジュブナイル。一九九二年の少年と一九八四年から来た少女（ともに中学三年生）が原宿で出会う話である。ちくま文庫で『クレープを二度食えば』という自選短篇集もある。

『犬家』も『クレープ』もどちらも品切だが、たぶん『クレープ』のほうが入手難かもしれない。

いずれも、生まれてからデビューするまでの自伝（？）マンガの「あしたのために」が収録されている。

一九五八年に熊本で生まれた漫画家がたどったサブカルチャー（おたく）史としても読める。とり・みきが「リアルタイムの雑誌でよく読んでいたのは『少年クラブ』」だった。そして「数あるマンガの中でも特にショックを受けた」作品は「白土三平『風の石丸』」と「手塚治虫の『大洪水時代』だった」という。

一九六六年に『マンガ家入門』（石森章太郎著）および冒険王編集部編『マンガのかきかた』（ともに秋田書店）に「洗脳」される。

さらに「前の2冊よりマイナーだが大阪の文進堂という出版社から出た『マンガのかき方』という本も買った」らしい（文進堂からは酒井七馬監修、西川ハルオ編『ストーリーマンガのかき方』という本も出ている）。

マンガとTVにあけくれ、『鉄腕アトム』（カッパコミックス版）の「巻末の読み物ページで日本人SF作家の名を知りました」とある。

とり・みきはそれからしばらくしてSF小説に目覚めるが、欄外の注釈によると「当時人吉《ひとよし》（熊本）の書店にはポケミスもSFシリーズもほとんど置いてなかった（早川のものはスペオぺものの文庫が少々あるだけ)。推理・SFといえば創元だった」そうだ。

そして「一九七三年　高校に入ったとたん日本は沈没し日本以外も全部沈没した」(今年六月に出た『日本ふるさと沈没』徳間書店というアンソロジーにもとり・みきは参加している)。高校卒業後一浪してM大に入学し、「サーカス団のような所に捕らわれていた」とあるが、これは明治大学の落研のこと。先輩にはコント赤信号のリーダーの渡辺正行と小宮孝泰がいた。

その頃名門M大漫研には片山まさゆき氏や山田詠美さんがいた筈なのだがもちろん一度も出逢っていない。

とり・みきは授業にはほとんど出ず、「きょうは神田かあしたは馬場か古書店めぐりで日が暮れる」という日々を送る。田舎にはなかったハヤカワの「銀背」をそろえようとする。「春の大古書市」というコマもあって、本を買いすぎて電車賃がなくなり歩いて帰るシーンが描かれている。古本屋が出てくるマンガは多いが、古本市が出てくる漫画はちょっとめずらしいかもしれない。

その後も、どんどんSF者の道をつきすすみ、SFのファングループ(小松左京研究会=コマケン)に参加する。

一九七八年はSF映画の年でもあった／京橋のテアトル東京では2月の『未知との遭遇』を皮切りに以下夏は『スター・ウォーズ』冬は『2001年宇宙の旅』のリバイバルと年が暮れるまで3本のSF大作を連続してロードショー公開した。

古本、映画にのめりこむいっぽう、アルバイトは長く続かず、会社員になれそうにないと断念。それから紆余曲折を経て漫画家になる。

「あしたのために」には〝いかに現実から逃避し三流マンガ家したか〟という副題がついている。この作品は現実逃避の道を歩む者にとって、大切な「教訓」がたくさんつまっているのだが、それは読んでのお楽しみということで。

ふだんは朝寝昼起の生活なのだが、ここ数日、昼寝夜起になってしまっている。週末の古書展にも行けず、洗濯もせず、部屋にこもりがちで、だからといって、仕事がはかどるわけでもなく、石黒正数の漫画をだらだら読み返していた。

石黒正数の『それでも町は廻っている（通称〝それ町〟）』（少年画報社）は、アニメにもなっていたのだが、知らなかった。たまたま聴いたインターネットラジオのDJが『それ町』のことを熱く語っていて、試しに読んでみた。商店街を舞台にしたギャグ（ユーモア）漫画なのだが、登場人物が話ごとに錯綜し、すこしずつキャラクターに血肉が通ってくる。とくに意味のないシーンにその後の話に出てくる人物がさりげなく描かれていたり、読者の〝再読欲〟を刺激する仕掛けが無数にほどこされている。いっぽう、宇宙人や幽霊や謎の怪物が出てきても、何事もなかったかのように日常にもどる。そのすっとぼけたかんじも絶妙だ。ハマる人はハマる作品だとおもう。

同じ作者の『木曜日のフルット』(秋田書店)もすごくよかった。

『それでも町は廻っている』の十二巻に「高円寺」という地名が出てくる。二十年くらい前にちょっと売れたバンドでシンセを弾いていた人が、漫画の舞台の喫茶シーサイドにいる。その喫茶店でバイトしている主人公の歩鳥《ほとり》が、音楽好きの紺先輩に「会いたくないですか」というと、先輩は「高円寺のライブハウスとか行けば今でも演奏してるから割と生で見れるよ」と答える。そんなちょっとしたやりとりなのだが、高円寺のライブハウスのかんじが妙に出ていておかしい。

バンドが解散した後も、別のバンドやソロとして音楽活動を続けている人は多い。ただし、その後もずっとライブハウスに観に来るような客はコアなファンだ。でも「ちょっと売れていた」ころより、ずっとよくなっていることもよくある。それがなかなか外の世界に伝わらない。

元バンドマンのシンセの人は、その後、アイドルに曲を提供したり、ミュージカルの曲を書いたり、けっこう裏方の仕事をしている。年齢は四十五歳。結婚もしていて、ステージ以外の素顔はすっかり中年になっている。喫茶シーサイドでは、ひさしぶりにそのミュージシャンが母親と対面するシーンがあるのだが、その会話がものすごくリアルなのだ。母が、シンセをやっている息子に、「例えばジブリ映画の音楽とか」そういう仕事はやらないのかみたいなことをいったり……。

先日、神保町の古本漫画専門店をのぞくと、江波譲二の『貸本漫画傑作集　トップ屋ジョー』（発売道出版／発行松文館）のB本が平積みで売られていた。この傑作集の帯には「貸本劇画時代、西の横綱ゴルゴ13のさいとうたかを『台風五郎』に並び、東の横綱は江波譲二『トップ屋ジョー』であった」とある。

江波譲二、愛称はエナジョー。いやー、なつかしいねえ。ってまだ生まれてません、わたし。だいたい「トップ屋」という言葉もすでに死語である。いちおう若い人のために説明しておくと、「トップ屋」とは「宮仕えしない記者、現代版〝無冠の帝王〟」「（週刊誌の）トップ記事をつくる傭兵」（梶山季之《としゆき》「トップ屋は抗議する」／『週刊文春』昭和三十五年一月十一日号〜『トップ屋戦士の記録』徳間文庫）のこと。

当時、丹波哲郎が主演の『トップ屋』というテレビドラマも放映されていたが、梶山季之は「拳銃をぶッ放したり、暴力団と殴り合うような威勢のいいトップ屋なんて、存在するはずがないのだ」（前掲書）と苦言を呈している。

で、今回紹介するのは、江波譲二の『男が命を賭けるとき』（ひばり書房／一九六七年）である。この作品も「トップ屋ジョー」シリーズの一作。

ジョー（二階堂譲次）は、非番の刑事に引越しを手伝ってもらったお礼にレストランでビフテキをおごる。店から出ると、一人の男が三人の悪漢になぐられている。当然のようにジョーは助太刀。助けた相手は（なんと偶然にも！）高校のときの同級生で、競争自動車のレーサーの榊原茂夫だった。

榊原はレースの八百長を断ったため、蛇の目のグラッジというあだ名の男につけねらわれている。そして、あっという間にグラッジの手下に殺されてしまう。

「ヨオーシ、見ていろ。榊原……お前の遺志は、この俺が立派に継いでやるぞ‼」

ジョーは死んだ榊原の代わりにレースに参加する。

（トップ屋だったら、それより犯人の糾明をしろよ、ペンで仇を討てよ、などとつっこんだりしていはいけない）

レースは「品川にある屋外競技場から横浜…静岡…名古屋…草津を経て琵琶湖を一周し大津から京都…大阪まで」走る。「時速400キロは出る」スポーツカーに乗ったジョーは、スタートの競技場でわざと周回遅れになるが、猛烈な追い上げを見せる。途中、蛇の目のグラッジがさまざまな妨害（コース上に老いぼれ犬をほうり出す、ジョーの恋人加代ちゃんを人質にとる。加代ちゃんは飛行機からロープで吊るされ、ぶらんぶらん状態）を仕掛けてくる。どうするジョー？　優勝して友の無念を晴らすのか？　それともわざと負けて恋人の命を救うのか？　号泣必至の感動の結末（ウソ）。

「トップ屋ジョー」シリーズのストーリーを大雑把にいうと、「一、友達もしくは恋人が窮地に陥る」「二、敵と（レース、ボクシング、拳銃などで）戦う」「三、勝利する」となる。どんな不幸に見舞われても、最後は笑ってハッピーエンドだ。

ジョーには「正義は勝つ」というゆるぎない信念がある。それはかつて男の子文化の根本思想であった。もちろん、今の少年マンガの世界にも受け継がれている。ただ昔の少年マンガはほんとうにおおらかだった。主人公にピストルの弾は当たらないし、手榴弾もきかない。多少のケガなら数コマ後には完治してしまう。だからこそ、勇気にみちあふれていた。

「でも現実はそうじゃない」

大人になると、だんだん「正義」にたいして懐疑がめばえてくる。さらに「ジョーよ、おまえはいつ仕事をしてるんだ？　しめきりは大丈夫なのか？」といった疑問も……。

昔の少年マンガを素直に楽しめない自分がすこし悲しい。

四月、プロ野球開幕。野球漫画といえば、水島新司でしょう。

というわけで、『野球狂の詩』(講談社漫画文庫その他)である。

この作品は「にょほほほ〜」の岩田鉄五郎やプロ野球女性第一号選手の水原勇気が有名だが、わたしは水島新司と里中満智子の共作(第十七話「ウォッス10番」、第二十話「ガッツ10番」、第二十六話「スラッガー10番」)の富樫平八郎に「男の人生」を見る。

中学時代、地元を代表するエースだった富樫平八郎は新潟西校に進んだ。しかし同じ高校に県ナンバー1投手の日下部了も入学してくる。富樫の家は魚屋で、父親は重い病(癌)を患っていて、平八郎には幼い弟妹がたくさんいて、母親からは「野球なんかやめて店をついでよ」と泣きつかれる。平八郎は店を手伝いながら、黙々と練習に励む。背番号は10番。日下部の活躍の陰にかくれ、出番はまったくまわってこない。でも愚痴ひとつこぼさない。そんな平八郎に恋するヒロイン(花屋の娘・夕子)を里中満智子が担当。水島新司と里中満智子のキャラクターがおりなす不協和音……じゃなかった、ラブストーリーもこの富樫シリーズの読みどころのひとつだ。

話はそれるけど、「新潟、魚屋、貧乏」とくれば、水島新司の傑作短篇『出刃とバット』の佐倉新吉のことを忘れるわけにはいかない。新吉も新潟の貧しい魚屋のせがれで、中学時代はチームでいちばんのチビだが四番打者だった。しかし家が貧しく高校に進学できず、新吉は野球をあきらめる。その新吉が「たった一度だけでいい。おれは野球の力を試してみるんだ。もしだめだったらその時は、出刃で生きようというつもりだった――」と家を出て、プロテストを受ける。

これがいい話なんだ。泣ける話なんだ。

じつは水島新司も新潟の出身で家は魚屋なのである。『名作MANGA選集　出刃とバット』（翔泳社）のあとがきで、水島新司はこう回想している。

私の実家は魚屋で、少年の頃から家業を手伝い、将来は兄貴と一緒に親爺の後を継ぐと育ってきた。大きくなるにつれ、魚屋以外のいろいろな夢が、私の中でふくらんでいった。中でも『プロ野球選手』は、一番の夢であった。（中略）しかし、家庭の事情はバットを持つことを許さなかった。出刃を持たざるを得なかった。中学を卒業し、〝出刃〟の本格人生が始まった。忙しい毎日の中で、野球を楽しむ時間などもちろんない。――ちょっとした暇を見つけては、好きな漫画を描くのが唯一の楽しみになっていた。

話は『野球狂の詩』にもどる。

高校野球新潟県予選決勝。九回二アウト満塁フルカウント。前の打者の打球を足に受けていた日下部はそこで倒れる。いよいよ富樫平八郎の登場だ。

その後、エース日下部はプロ入りを拒否し、早稲田大学に進学。富樫は東京メッツに三位で指名される。県予選決勝で投げた「一球」を東京メッツの岩田鉄五郎はスタンドで見ていたのである。だがメッツ入団後、富樫はぱっとしないまま二軍生活を送り、一方、夕子は看護婦になり、病床の富樫の父の面倒をみながら、彼を応援しつづける。

四年後、大学で次々と記録をぬりかえる活躍をした日下部は東京メッツにドラフト一位で入団し、そのころようやく富樫も一軍に昇格。ふたたび、日下部、富樫のライバル対決がはじまるかとおもいきや、富樫は練習のしすぎで悪性の腱鞘炎《けんしょうえん》になってしまう。

看護婦の夕子はそのことに気づいているのだが、「愛する人のすすみたい道をじゃましないのが…… 愛……」と、ひたすら富樫を見守るのみ。はたして逆境の男・平八郎は夕子の一途な愛にこたえることができるのか？

結局、富樫は一軍のピッチャーとしては通用せず、再び二軍におちる。そこで打者に転向し、「スラッガー10番」として復活する。五十三歳の現役投手岩田鉄五郎といい、富樫平八郎といい、野球狂の男たちは簡単に夢をあきらめないのだ。

とはいえ、あきらめないことも大切だが、続けりゃいいってものでもない。

水島新司は『野球狂の詩』の続編（『野球狂の詩　平成編』と『新・野球狂の詩』講談社）を描くのだが、はっきりいって「殿、ご乱心」状態……。

男は引き際も肝心なのかもしれない。

一人前になるということを、例えば会社に行ったり、ネクタイをしめたりという単位で持つ人もいると思うけど、博多の人間というのは、やはり山笠を舁いて一人前になるという意識があるんです（「どんたく恋し」／長谷川法世《ほうせい》『博多っ子事情』集英社文庫）

長谷川法世の『博多っ子純情』（全三十四巻・双葉社）は、祭り漫画の、いや青春漫画の最高傑作である。ちなみに中央公論社から出ている愛蔵版は第一期のみ（続刊は出ていないので、あまりおすすめしない）。現在、西日本新聞社が復刻版を刊行中、こちらは最終刊までちゃんと出る予定だという。

この作品の主人公は郷六平。連載当初は十四歳。猛スピードの山車《だし》についてゆけず、ふりきられてしまう。

七五〇キロ
六人の台上がりを乗せて約一トンの
山笠が
男達の意地と
度胸で走りよります

「オッショイ!!」という掛け声と共に命がけで疾走する男たち。父と子も力をふりしぼって走る。

翌年の山笠では、父（博多人形師）の背中を見ながら走っていた六平が、いつしか「道端にぺったァとのびてしもうた父ちゃんば横目にして走り続けたとでした」というまでに成長する。このとき六平、十五歳。祭りを通して、子どもが父に追いつき、追いこしてゆく。山笠という祭りは、世代交代を目に見える形で知らしめる。

でもそうはいってもまだ六平は思春期の子どもだ。頭の中は「コペルニクス的転回」（コペ転＝初体験）のことでいっぱいで、祭りと祭りのあいだの季節には、恋や性欲や友情や進路に悩みつづける。アニキのように慕っていた穴見さんが事故死、その穴見さんと駆け落ちした隣の姉ちゃんに恋心を抱く六平。その六平のことが好きな小柳類子。阿佐道夫、黒木真澄といった親友たち……。

登場人物それぞれの日常のドラマが重なりあって、物語はすすんでゆく。

高校生になった六平。祭りの季節になると、「くそ～山笠ン時に勉強させてから」と早弁し、悪友たちと学校を抜け出す。隣の姉ちゃんが死んだ穴見とのあいだに生まれた子どもを連れてきて、その子を「山笠の台にちょっと上げて貰えない？」と六平に頼む。姉ちゃんはすでに再婚していて、現在の夫もそばにいる。

その夫は穴見さんのことを「聞きゃ聞くほど良か男ですき。こいつが大きゅうなったら本当の事ばちゃんと教えます」という。

それを聞いた六平、「この人も良か男たい」と心の中でつぶやく。悲しみが、祭りによって癒されてゆく。

山笠は男の祭りである。「女性蔑視ね」と批判する同じクラスの優等生野枝由宇穂にたいし、「山笠は女が見よるけん。男が夢中で頑張るとたい」「女がかげにまわって加勢するけん走るとたい！」と六平は反論――。

また他校の生徒に山笠のふんどしを「野蛮」で「アナクロ」だと批判されたときも、「ばかたれが！　教会に祭っちゃるキリストはあれはふんどしば腰に巻いとるやないか！」「アナクロ　アナクロていうてからのもんばやるとがおかしかごというとるが　ならお前が学校でしよる勉強はなんか!?　昔からのもんやなかとか!?」と六平節がさくれつ。

そして「相撲しよう!!　喧嘩のかわりたい!!」と勝負をいどむ。

このときの六平の啖呵がすごい。

　男がなんかもの言うとァ体ば張るもんぜ
　福岡部出身の来島恒喜も体ば張った！　中野正剛も体ば張った！　お前はどうや!?

作者の長谷川法世は、理屈を超越したものとして山笠を描く。

ひとりひとりの輪郭は消え、祭りの中に溶け込んでゆく。祭りそのものがひとつの生命体であるかのようだ。

祭りときくだけで血がさわぐ男がいる。そして男には、集団、あるいは統制された中で発する美があり、その美しい群には理屈で否定できない強さがある。人の心のどこかにそういうものを肯定したいとする気持が眠っているのかもしれない。祭りの陶酔感は抗いがたい。だから祭りを批判する言葉は「しぇからしかー」（うるさい）の一言で粉々になってしまう。

宗教より、もっと古くからあるような感情に、たかだか二、三年くらいひとりの人間がかんがえた言葉は通用しない。でもその一方、むしろ郷六平のような「良か男」は絶滅の危機にある。そんなことをかんがえていたら、祭りのあとのような寂しい気持になった。

日本の敗色が濃厚になっていた昭和二十年四月、ちばてつやは満州奉天の鉄西小学校に入学する。が、空襲でほとんど学校には通えず、家にこもっていつも絵を描いていた。父が印刷工場に勤めていたので紙だけは困らなかったという。

描くものは飛行機が多かった。というのはちょうどそのころ、父がどこかの飛行場へ連れて行ってくれて、ゼロ戦の実物を見せてくれたのである。空を飛ぶ姿しか見たことのない飛行機を、目の辺りに見る感激は大きかった。ことに車輪が想像していたよりもはるかに大きかったので、声も出ないほど驚いた。ジェラルミンの胴体は初夏の日を浴びて、さわると温かかった。

（『ちばてつや自伝　みんみん蝉の唄』スコラ、一九八一年）

このときの感激が、後年ちばてつやに〝戦記傑作〟『紫電改のタカ』（講談社漫画文庫全四巻ほか）を描かせたのかどうかはわからない。本人としてはやや納得のいかない作品だったようだ。

「紫電改」は、日本海軍の戦闘機である。当時の海軍の主力機は「ゼロ戦」が有名だが、「紫電改」は「紫電」という戦闘機の改良型。「ゼロ戦」より高速で機体も大きかった。

ちなみに『機動戦士ガンダム』のカイ・シデンの名は「紫電改」からきている。アムロ・レイは「零戦」、リュウ・ホセイは「流星」（艦上攻撃機）、ハヤト・コバヤシは「隼」（はやぶさ＝陸軍の名戦闘機）だろう。たぶん。

『紫電改のタカ』は、「少年マガジン」に昭和三十八年七月から昭和四十年一月まで連載された。

……この物語は昭和十九年夏　台湾南部にある高雄基地からはじまる

高雄基地　そこには名機紫電で編成された七〇一飛行隊があった

主人公の滝城太郎一飛曹は、「紫電」をさっそうとあやつり「逆タカ戦法」でアメリカの戦闘機を次々撃墜させる活躍をみせる。

滝は向こう見ずでとても正義感が強い日本男児だ。理不尽なことをいう憲兵をなぐりとばし、ときには上官の命令にさからって単独行動することもある。かとおもえば、敵兵にかこまれ、絶体絶命の窮地になると、あっさり降伏し、いったん捕虜になって脱出をはかるといったかしこさも持ちあわせている。いかにも少年マンガの主人公らしいヒーローだ。

でも一飛行兵が憲兵をなぐったり、上官にさからえば、ただではすまないことは容易に想像がつく。いつもおもうことだが、少年マンガのヒーローの「男らしさ」は、なかなか現実には通用しない。それを通用させるには現実ばなれした不死身さが必要となる。

物語後半、滝は閉鎖した兵器工場で秘密の特訓をするシーンが出てくる。その特訓とは一分間に三百回転（！）する座席にすわって、機銃で的を射ぬくというもの。さらに崖からトロッコで猛スピードで疾走する特訓中、滝のことを好ましくおもっていないライバルにレールを外され岩に激突。トロッコは粉々にくだけちる。このくらいのことで命を落としていてはヒーローはつとまらない。

信じられん……あんなにめちゃめちゃにたたきつけられたのに……
ふふふ　おれがなんのために訓練してきたと思うんだ見くびらないでほしいな

この事故で深傷を負った滝は、気がつくと重爆撃機に乗せられ、いつの間にかケガが治り、突然「おりなさいっ　命令です」と空中から山中に突き落とされる。そこにはいきなり後ろから大きなマサカリを投げつけてくる（!!）謎の老人がいて、滝はさらなる修業をつむことになる。

そんな様々な試練をのりこえ、滝はますますたくましく成長してゆく。滝のような操縦士があと百人くらいいれば、日本はアメリカに勝てたかもしれない。

しかし戦争末期の日本は、操縦士の養成が間にあわず、世界水準から見ても優秀といわれたゼロ戦をはじめとする戦闘機は宝の持ち腐れ状態だった。日本の戦闘機は装甲が薄く、とても燃えやすかった。そのため熟練パイロットが次々と命を落とした。いかに高性能のマシンがあったとしても、若葉マークの運転手では話にならない。

祖国防衛のために命がけで戦っていた滝も「いったいなんのためにこうして人間どうしが殺し合わなければならないんだ？」と悩みはじめ、苛烈な軍国主義批判を口にするようになる。やがて日本の必敗をさとった滝は、「そうだ！」「〇〇の〇〇になろう」と将来の夢を語る。ラストはとてもかなしい。

先日、京都に遊びに行った。たまには古本と関係ない旅をしようとおもっていたら、宿泊先の扉野良人さんに「今、四天王寺で古本市やってますよ」と教えられた。東京からは元書店員で現在は編集者の柳瀬徹さんもいっしょ。

「どうしよう?」

「行きましょう」

というわけで、行ってきました。大阪は、四天王寺べんてんさん大古本祭。小雨で百円均一の台にビニールシートがかかっていたのが、残念だったけど、とにかくお寺が広くて、気持のいい古本市だった。

私と柳瀬さんはそのあと歩いて通天閣のある新世界ジャンジャン横丁を訪れた。

唐突だけど、大阪といえば、川崎ゆきおである。

その著書『大阪ものの け紀行』(白水社)では、新世界について「今では特殊な歓楽街となっており、一種独自の匂いが街を被っており、単純に繁華街と言い切るのは不親切なように思える」と書いている。

この新世界では軟弱なオシャレな男は女の腐ったような印象しか与えないのだ。この街では服装ではなく、男としての腹《ハラ》とか肝《キモ》という内蔵部分で勝負が決まる感じである。これは失われた価値基準である。(中略)その男臭さの悪臭の恩恵でギャルに占領されぬ美点を残す貴重な街となっている。（中略）新世界は男達の最後の砦だろう。この街を歩く時は生身の男として歩かざるを得ない。

私も学生時代から何度となく新世界に訪れているのだが、この町に来ると、いつも「男としてまだまだ……」という気にさせられる。

復刊された『猟奇王大全』（発行チャンネルゼロ／発売ビレッジプレス）は、『猟奇 夢は夜ひらく』と『大阪は燃えているか』と『猟奇の証明』の全三巻。

猟奇王と忍者は、都会のド真ん中にある軍事工場の跡地にくらしている。食事はすべてカップ麺。すると、日本アパッチ族の残党と名のる労務者風の男が訪れてくる。元アパッチ族の男は、猟奇王のアジトを労務者の宿舎にしたいという。猟奇王は条件を出す。いざというとき兵隊を集めてくれるならと。そして大阪城を「居城にする」という計画を立てる。数日後、場所は新世界。「猟奇王大阪の乱」の決行を企てる。オチは書けない。書いてもしょうがないオチだ。

猟奇王シリーズのパターンは、たいてい計画を立てるが、実行せずに終わる。延々そのくりかえしなのである。

猟奇王はいわば怪人二十面相とかあの時代のパロディ漫画だ。時代錯誤なマスクに予告犯罪。予告はするが、忍者が「しかし大将どうやって盗みますねん」と聞くと、「実は何も考えては

いないんじゃ　無計画は世の常よ」と答える（「猟奇夢は夜ひらく」）。

……と、ここまで書いて、筆が止まってしまった。無計画につづってきたせいだ。

急遽、川崎ゆきおの古本漫画を紹介することにする。原稿が行き詰まり、ごろごろしながら、川崎ゆきおの旧著を読んでいたら、たまたま古本屋を舞台にした二作品に出くわしたのだ。

ひとつは『活劇少女探偵』（けいせい出版）所収の「ビンボー神」。この作品に出てくる古本屋は「古本赤貧堂」というういかにもな屋号。寝たきりの父とその息子が貧乏を嘆いている。すると、暗そうな客が本を買って下さいとやってくる。売りにきた本は『自殺について』とか『絶望の哲学』といった暗そうな本ばかり。息子が「もっと明るそうな本をお持ちじゃないですか」ときくと、「だってここ暗い本の専門店でしょ」。話を端折ると、店にビンボー神がとりついて、怪しい陰陽師にお祓いしてもらうのだが、逆に行き場のないビンボー神がどんどん集まってきてしまう。

もうひとつは『二十面相の風景』（けいせい出版）の「春風の街路」。

高校で歴史を教えている三十四歳独身の赤西先生は、古本屋の娘を嫁にもらうのが学生時代からの夢だった。あるとき「伊丹堂」という古本屋の娘に告白し、数ヶ月後、結婚。その後、古本屋の娘は家事をせず、漫画ばかり読んでいる。

「赤西先生にすれば一大ドラマの末得た嫁なのです」

「しかしどうも実感がともないません」
淡々としたラブストーリー。とても好きな作品。

僕は貧乏漫画家にはなりたくなかった。だから今でもそれを認めたくない。今に売れるのではないかと先へ先へと夢をつないで、かれこれ二十年を経過している。これは延長のしすぎである。

（「アイデンティティ」／『大阪ものの け紀行』所収）

川崎ゆきおは今でも売れている漫画家とはいえないが、古本屋ではけっこう高値で売買されている。

新しいノートパソコンを買った。昨年末、これまでつかっていたのが壊れた。ショックだ。半年以上バックアップをとっていなかった。しょうがない。これで二度目だ。未発表の原稿が消えたのがつらい。ついでにいろいろな予定も白紙に戻した。自由というものは、何かを失うことで得られる。

子どものころに読んだ漫画に出てくるコンピュータは、とにかくデカくて、わけのわからないボタンがいっぱいついていた。

横山光輝『バビル2世』(全八巻/秋田文庫)のコンピュータも巨大だった。ウィーン、ウィーン、カシャカシャ、ピュピュピュ、ピキンピキンといった音を立てながら、波形の線が動き、碁盤の目のようなスクリーンがチカチカ光っていた。

このコンピュータは五千年前にバビル1世が作ったものだ。とても丈夫だ。置き場には困るが、うらやましいかぎりだ。

『バビル2世』の文庫版の第五巻では、川合俊一(スポーツキャスター)が、「僕は子供のころから漫画が好きでした。でも何か一つ選べと言われたら、この『バビル2世』をあげます」という解説を書いている。

それはよい。

問題は「ぜひ続編を読んでみたい。それからこれがファミコンゲームになったらいいですね、また熱中してしまいそうですが」という最後の二行だ。

実は、『バビル2世』には、『その名は101』(全三巻/これも同じく秋田文庫/『月刊少年チャンピオン』の一九七七年十月号~一九七九年十二月号まで連載)という続編がちゃんとある。

101《ワンゼロワン》の本名は、山野浩一。別名バビル2世、年齢十六歳。

バビル2世の血には不思議な力があり、その研究のため、101はアメリカの医療施設に監禁される。その血をつかって、超能力ネズミやら超能力者を作っていることを知り、脱出して、その秘密組織（＝CIA）と自分の血から作り出された超能力者を殲滅させるために戦う。

バビル2世、人の心が読めるんじゃなかったか。なぜ、あやしい組織のモルモットになるのかなあ。あとニューヨークでチンピラにナイフで腹を刺されたりするのだよ、あの無敵の超能力少年が……。しかも、「できれば日本に帰りたい」「でも金もパスポートもないんで帰るに帰れないんだ」と銀鈴という少女に泣き言をいったりもする。超能力つかえば簡単だとおもうのだが。

その後、101はプロペラ機を奪い、持ち主に「ドロボー」と叫ばれ、「代金だ」とドル紙幣を四枚（！）ばかりばらまいて飛び去ってしまうシーンもある。とにかく、腑に落ちないことだらけである。

ポセイドン、ロプロス、ロデムの〝3つのしもべ〟も、最後のほうにちょっと出てくるだけで、ほとんどなんにもしない。死んだはずのヨミも登場するが、あっさり銃に撃たれて死ぬ。そして101こと、バビル2世もなぜか敵地にひとりで乗り込み、やっぱり銃に撃たれて、「今度はぼくもだめかもしれない」といい残し、行方知れずになって終わってしまう。

虚脱。呆然。漫画の名作の続編におもしろいものなし。

ちなみに『バビル2世』の初出は『週刊少年チャンピオン』（一九七一年七月五日号〜）。秋田文庫の七巻の「永遠の眠り」でいちおう終わっている。長い間、文庫版八巻にあたる第四部は刊行されなかった。

この第四部は、ヨミが復活するにはするが、バビル２世に会うなり「今は年老いて昔の力もでぬ　まるでかれた井戸のようなものよ」とこぼし、「負けたすべてにわしは負けた」といって、北極の海の底で永遠に眠られせてくれとたのむ……。
『その名は１０１』は、文庫版八巻はなかったことにした『バビル２世』の続編だったという説がある。『バビル２世』の第四部が蛇足なら、『１０１』は蛇の足の爪のペディキュアのようなものかもしれない。

今回紹介する作品は、矢沢永吉の名著『成りあがり』のコミック版である。出版社は風雅書房で、前編後編の二巻本（初版は一九九三年、現在絶版）。

この作品は昭和五十五年十一月二十日に株式会社角川書店より文庫本として発売された『矢沢永吉激論集　成りあがり（How to be BIG）』という原作に基づいて忠実に書き起こされたものですが、原作とは多少表現として異なる場合もございますので、予めご了承下さい。
以前、南陀楼綾繁さんと小田急沿線の古本屋めぐりをしたとき、後編だけ入手していたのだが、三日ほど前、ようやく前編のほうも中野のまんだらけで見つけた。

さて、『コミック版　成りあがり』であるが、この作品、とにかく絵がすごい（ひどい）。ほんとうに似ていない。

子どものころのヤザワは、目が黒丸の小さな点。しばらくするとその目が丸くなり（ほとんど円）で飛び出てくる。さらに幼いころのヤザワは三頭身で、なにかにつけて鼻水とよだれをたらすのだ。またヤザワ二十歳の初体験シーンのエクスタシーの描写は「富士山爆発」。昭和五十年代のエロ四コマ漫画の画風といえばよいか。そして若い女性の絵だけ画風が八〇年代っぽい。その違和感はいかんともしがたい。

そんな作品にたいして矢沢永吉は「皆さんにそうね、これは矢沢のひとつのユーモアとして受け取ってほしいと思います」と寛容なコメント。さすがはビッグな男である。

『成りあがり』は、田舎者が貧乏からはい上がって成功する話だ。幼少期に両親が離婚。母が出ていった後、小学校二年生のときに父は原爆の後遺症で死亡。親戚をタライ回しにあい、小学生で新聞配達、中学生で牛乳配達、高校では土方とアルバイト三昧生活を送る。卒業後は板金屋になるつもりだったが、ある日、ラジオでビートルズを聴き、ロックにめざめる。

そうよ音楽に出会ってスーパースターになると決めてからは苦労が苦労じゃなくなった（中略）『そうだ。こういうふうに苦しいんだよな、最初のうちは。こういうことがあって、色々やって、最後にスーパースターになるんだよ』そう自分に言い聞かせてきた。

矢沢永吉の魅力は、気合と虚勢だ。

その成功には、運とか偶然とかいろいろな要素がある。しかし生まれ育ちで人生が決まるわけではない。「下流社会」とか「希望格差社会」といった現実がないとはいわないが、成りあがるために必要なものは意志の強さとあきらめの悪さだったりするのも現実である。

『成りあがり』(角川文庫)では、「銭で買えないものある?」という有名なせりふがある。


オレ、絶対に金持ちになってやろうって思ってたよ。金さえあれば何でも手に入ると思った。

私が好きなのは、そのしばらくあとのせりふだ。


……ほんとは、銭じゃないのよ。ほんとは銭じゃない。オレに、こんなに銭だって思わせた何かに腹立ってる。

長屋の空気、長屋の酸素! オレをみじめにさせた。長屋の空気、オレ自身なのかもしれないいな。オレも、全部ひっくるめたあの空気に、怒ってる。

銭。癪で言ってるのかもしれない。でも言いたいんだ。簡単にキレイごとを言うやつは大嫌いだ。

私も長屋で生まれ育った人間なのでかなり共感できる。
でもなんとなく矢沢永吉を避けてきた。長屋の空気よりも、田舎のヤンキーの世界から抜け出したいおもいのほうが強かった。

幼少期にいろいろな物欲を充たされなかった人間は、大人になって貪欲になるという説がある。矢沢永吉の場合、物欲だけでなく、親の愛情も知らない。親戚にもかなりひどい仕打ちを受けてきた。ヤザワは貪欲なのではない。欲望のタンクのようなものに穴が空いていて、どんなにいろいろなものを手にいれても、充たされない、満足できない男なのだとおもう。だが、そういう人間だからこそ、ビッグになったのだろう。
スーパースターになった矢沢永吉はこうつぶやく。

ハッピーなはずなのに……？　何故か苦しいんだ　そう　方向を見失った時　人間は一番苦しい。

そんなこんなで、『コミック版　成りあがり』。たしかにその絵柄にはずっと違和感をおぼえつづけていたのだが、原作の素晴らしさゆえ、一気に読まされてしまった。しかもちょっと泣いてしまった。不覚。

漫画の名作の続編は、ガッカリ率が高いこと山のごとしなのだが、もちろん例外もある。今回紹介する望月峯太郎の『お茶の間』（講談社／全三巻）がそれだ。

この作品は名作『バタアシ金魚』の続編で、主人公の花井薫（以下、カオル）は高校を卒業し、N体育大学の学生になっている。前作で、ひたすら追いかけ回していたヒロインの苑子（以下、ソノコ）が住んでいる六畳一間のアパートに押しかけ同棲するというところから物語ははじまる。

『バタアシ金魚』では、カナヅチのカオルが、水泳でオリンピックをめざす熱血スポーツ漫画だったのだが、『お茶の間』のほうでは、大学卒業、そして就職、結婚という男の人生がシビアに描かれる。『バタアシ金魚』のカオルは当初泳ぎが苦手でプールでよくおぼれていたが、『お茶の間』のカオルは、ソノコと同棲をはじめたことにより、チマチマした小市民の生活におぼれそうになる。「結婚しよう！　籍を入れよう‼　学生なんて嫌だ～～　社会に出た方がいいんだ～～」と叫ぶカオルに、ソノコは「いま学生やめて働いてもロクな仕事につけずわびしい暮らしよ　薫　いまよりもっと所帯じみちゃうし」とつきはなす。そんなこんなで、大学四年、カオルは就職する。カオルはソノコの父に会いに行って、結婚の話を切り出そうとするのだが、ソノコの父は無表情のままこんな台詞をいう。

「結婚すれば社会的責任や民事上の義務がのしかかってくる」

「年金に保険　税金……生命保険にも最低でも二つは入ることになるな……」

「君は仕事に励み　ラッシュにもまれ　だが土日は娘のためにサービスしなければならんだろう　共働きだろうから家計に文句は言えないし　たとえ娘が食事を作らず　仕事の帰り酒を飲んで酔って帰ってきてもとがめられないだろう」

「やっとのことで　マンション一部屋買ってそのローンは三十年……」

「子供が生まれたら生まれたで風邪をひけば心配し　学校　進学のコトで悩み　不良になったら大変だ」

「私のように単身赴任……家族と住む権利さえなくなるかもしれない」

こんなかんじの語りがえんえん五ページちかくにわたって展開され、「君はそういう責任をもてるかね?」とせまる。

青年誌のマンガだけど、そのころ読んだどんな文学よりも、わたし（連載中、大学生）にとってきびしい現実をつきつけてくる作品だった。毎週ほんとうに次の展開が気になってしょうがなかった。

カオルは、ネクタイとスーツ姿になって百貨店で働くようになる。サラリーマンになっても、あいかわらず無意味に熱血で無軌道なところのあるカオルは、しょっちゅう上司と衝突をくりかえす。

「入社五ヵ月の奴が経験とかキャリアとかそういう裏づけなしに何か言ったとしてもただのタワ言だよ　そんなもの　お前は今はただ与えられた仕事をこなすしかねえんだから!!」と、カオルは、元体育会系でスポーツの道を挫折した先輩に説教される。「クッソ〜〜!!　わかってるコトを言うな〜〜」とカオル。

カオルは就職してからも、夢（水泳）と現実（サラリーマン生活）のあいだでゆれつづける。『バタアシ金魚』にも出ていた幼なじみのプー（女の子）が『お茶の間』でもまたいい味を出している。この作品のキーパーソンのひとりだ。

カオルの生き方をめぐってソノコとプーは激しく論争する。

「普通のサラリーマンが、『サラリーマンが夢だ!!』なんて考えるかさっ（中略）アイツ　自分をごまかしてんだよ!!」とプー。

ソノコはいう。「でもアイツはアイツなりに……ちゃんとちゃんとやろうとしてくれてるんだ（中略）いつだってアイツは私のために考えてくれてるのよ!!」

プーの登場によって、カオルの人生観、未来像はすこしずつゆらぎはじめる。そして――。

なんど読んでも胸が熱くなる。

わたしは、学校を中退し、就職活動もしなかった。当時は、今よりかなり人生を甘く考えていて、自分の能力を過信していた。今でも、自分の選択はこれでよかったのかといまだに迷う。卒業し、就職していたとしても、迷っていただろう。

なんだって、やりはじめてしまうと、やめることはむずかしい。続けてゆくことも……。人生、やり直しがきくのか？　きかないのか？　ほんとうにこれでよかったのか？

「君はそういう責任をもてるかね？」

自信をもって、「もてません」というほかない。

今回紹介するのはつのだじろうの『その他くん』（全四巻／講談社「週刊少年マガジン」一九七六年連載）は、実在の漫画家が実名で出てくる。いわば、つのだ版「まんが道」といえる作品であります。

その他くんはたいやき屋のせがれでマンガ家志望の中学生。勉強も運動もだめだが、マンガへの情熱だけは人一倍ある。そこで高校に進学せず、マンガ家をめざそうとするのだが、もちろん親は猛反対。

その他くんの部屋の本棚には、手塚治虫『ジャングル大帝』、馬場のぼる『まんが太閤記』、つのだじろう『ルミちゃん教室』、藤子不二雄『海の王子』、石森章太郎『竜神沼』など、「いま買おうとおもってもまず手にはいらない……まぼろしの名作」がそろっている。ある日、両親はその他くんが漫画家になることをあきらめさせるために、その漫画をすべて捨ててしまう。

怒ったその他くんは「霊コンはそんざいする　うらむ！　ぼくは死んでやる　バケて出てやるぞ」との書きおきを残し、家出する。布団をかついで、石森章太郎のアシスタントになりたいとおしかけるのだが断られ、泣きながら、「アシスタントにしてくれなきゃ死んでやる〜っ!!」と石森宅のプールに飛び込んだりする。その他くんはちょっと極端な行動に走る傾向があるんですね。

その後、いろいろあって、その他くんは四コマ漫画家（ガミガミ先生）の弟子になるのだが、この師匠が乱暴者で、怒ると泳げないその他くんをドブ川に放り込んだりする。しかしガミガミ先生の教えはきびしくも含蓄がある。

四コママンガなんて古いとごねるその他くんに、「たった四コマのマンガすらかけんものに……おもしろい長編マンガがかけるわけがないだろう」と説教。ガミガミ先生のモデルは、つのだじろうの師、島田啓三。若き日のつのだ氏は、島田先生に同じことをいわれている。

ガミガミ先生はいう。

大きな木には大きな根っこがある!!

かぼそい根っこしかもたない木が枝をかっこだけのばしたところで……一風ふけばぶった

おれる!!

プロになるためにどんな勉強をしどんな苦労をしてきたか……!?　目に見えない根っこの部分……勉強や努力のしかたをマネするべきなんだ。

それからその他くんは「ぺんだこ党梁山泊」という四畳半で共同生活している漫画家志望のグループの仲間になる。その他くんもいれると四畳半で五人暮らし。おなかをすかせたぺんだこ党のメンバーは、その他くんの実家に行って、冷蔵庫の中のものを勝手に食ってしまったりする。どうかんがえても、悪い大人にだまされてるよ、その他くん。

その仲間のひとりが、新漫画党の話をその他くんに聞かせる。新漫画党は、トキワ荘を中心に寺田ヒロオ、藤子不二雄、石森章太郎、つのだじろう、園山俊二、赤塚不二夫、鈴木伸一らがつくったグループだ。最初はみんな無名だったのに、なぜこのグループのメンバーは全員一流になれたのか？

よい友だちをもった!!　すばらしいライバルをもった……

じぶんがなまけたくなって仲間の部屋にあそびにいくと……仲間は必死になって勉強している！　これじゃいかんモタモタしてたら自分だけ仲間からとりのこされる……とあわててかえって勉強する……！

『その他くん』には、ページの途中に「つのだじろうマンガ専科」というコラムもついている。

マンガ家になるために大切なことは『案をつくる力』『絵をかく力』ももちろんですが、長い間、マンガ家として仕事をしていくためには、それだけではだめです。人間は弱いものですから、つい自分にあまえてしまう……それを自分にゆるさず、自分のおシリにむちを入れることのできる強い精神力が必要なのです。（その1）

つのだじろうといえば、『恐怖新聞』や『うしろの百太郎』といったオカルト漫画のイメージが強いかもしれないが、根はすごくマジメな人なのだとおもう。まあ、フマジメな人はオカルトをおもしろがることはあっても信じたりしない。

トキワ荘時代のつのだ氏にはこんなエピソードがある。

石ノ森　つのだ氏はその頃は一番純情でまじめでさ。

赤塚　トキワ荘に集まるみんなは映画や小説の話しかしないもんで、もっと漫画の話をしろって怒っちゃったんだよ。

我孫子　巻紙に筆でしたためた、厳しい詰問状がきた。

つのだ　今だから言えるけど、あの当時、オレ、一種のノイローゼになってたんだよ。トキワ荘の連中は達者だし、すげえコンプレックスを感じてた。師匠（島田啓三）のとこいきゃ、変なもん描きやがってっていわれて原稿を放り投げられるわで、飯が食えないほど追いつめられちゃっていた。

（藤子・F・不二雄氏追悼『トキワ荘』特別座談会／『藤子・F・不二雄の世界』小学館）

このとき、つのだ氏の巻紙の詰問状にみんなを代表して返事を書いたのが藤子・F・不二雄氏だった。

藤子不二雄Aさんの証言によると「漫画家だからといって漫画の話してばかりいてはいけない。漫画の勉強は自分でやって、みんなでいろいろ興味を広げて話し合うことが、あとあと漫画に生きてくるんだ」といった内容だったそうだ。ちょっといい話でしょ？

九八〇年四月、矢口高雄の『釣りキチ三平』がアニメ化され、小学校のクラスで釣りが大ブームになった。わたしの生まれた三重県の鈴鹿市は、工場がたくさんある町で、まったく自然豊かな田舎ではなかったけど、それでも学校のちかくに川があり、毛針で小さい

魚を釣ることができた。あと母方の田舎は、伊勢志摩でこちらは海釣り。糸を下にたらすだけで、ベラやボラがおもしろいように釣れた。釣った魚は、もちろん食った。

母の弟は、釣りがうまくルアー名人だった。しかしわたしは『釣りキチ三平』の鮎川魚紳さんの目にルアーの針がひっかかるシーンのせいでルアーがこわかった。

つのだじろうの『その他くん』（全4巻／講談社）にも、矢口高雄が登場する。その他くんの友人に「たっしゃな絵とらんぼうな絵はちがうからな！　こういうわるずれした絵をかいているとそれが身についてしまって……ていねいな絵がかけなくなるよ！」ときびしい批評をする。さらにその他くんの師匠のガミガミ先生は「そのデッサン力といい構成力といい取材の的確さといい、とてもデビューして六年の作家のものではない超一級のものだ！」と矢口高雄を絶賛している。

矢口高雄は、三十歳すぎまで秋田のいなかで銀行員をしながらマンガを勉強、デビューは三十一歳のときだった。

ちなみに矢口高雄はペンネーム。命名者は梶原一騎。矢口高雄の（実質）デビュー作は、梶原一騎原作の『おとこ道』（「少年サンデー」連載）だった。在日朝鮮人差別（わたしはそうはおもわない）ではないかという抗議が半年以上続き、打ち切りになった作品（二〇〇一年に道出版から復刻版が出ている）である。デビュー作からいきなり苦難の道をあゆんだ矢口高雄だが、その画力は、漫画家仲間からも高く評価されていた。

『彷書月刊』の二十周年イベントで、編集長の田村治芳さんの振り市の実演があったとき、『ボクの学校は山と川』と『ボクの先生は山と川』（講談社文庫）の署名本が出た。わたしがいきなり「五〇〇円！」と叫んだら、まわりの人はひいてしまい、結局その値段でせりおとすことができた。

この作品は、文庫版がすばらしいのである。『ボクの学校は〜』は文庫化にあたって、エッセイ「弟の死」をマンガ化した「百日咳」を収録。編集部は文章の「弟の死」をはずし、それをマンガ作品にして読者に味わってほしいと提案。しかし矢口高雄は、「文章をカットしないで、同時に読み比べてもらうのも一興では……」といって、同時収録されることになった。矢口高雄は、六人兄弟の長男だったが、貧しい無医村に暮らしていたため、幼くしていちばん下の弟が「百日咳」で亡くなっている。その弟のことを書（描）いた話である。矢口高雄は、マンガの一ページは小説の三十ページに相当すると単行本のあとがきに書いていたのだが、そのことを証明したかったともいっている。

また『ボクの先生は〜』は、秋田で銀行員をしながらコツコツ描きあげた『長持唄考』という〝ほんとう〟のデビュー作も収録されている。当時は本名の高橋高雄で描いていた。

文庫版といえば初出の再版というイメージを拭い去れないのがほとんどだが、ここは新刊

本を作る気持で、内容的にも一新してみよう

（「文庫化にあたって」／『ボクの先生は山と川』）

文庫のあとがきには、この二冊の本をベースにマンガ化を求める出版社がつぎつぎとあらわれ、『オーイ!! やまびこ』（全七巻、毎日新聞社）、『螢雪時代』（全五巻、講談社）というマンガ作品にもなったと記されている。いずれも、自伝エッセイ漫画の傑作である。

矢口高雄は『オーイ!! やまびこ』連載中の一九八九年二月、手塚治虫の訃報にふれ、作品の構想はほとんどできあがっていたにもかかわらず、「手塚マンガにシビれ、あこがれた少年の日々を綴ろう!!」と急きょ「ボクの手塚治虫」というサブ・タイトルをつけ、新たな展開をはかった。その部分を独立させた『ボクの手塚治虫』（講談社文庫）という一冊も作っている。これは矢口版の「まんが道」といえる作品である。

矢口高雄は、大人でも読み書きできない人がかなりいるような村で、クラスでひとり「小学館の学年誌」を買ってもらっていた。高雄の母は、里帰りするたびに実家から本をもってきて、仕事の合間や夜中にかくれて読んでいるような本好きだったのである。その母の本の中に宮尾しげきの『西遊記』がまざっていて、高雄はマンガに夢中になる。

「何百回とページをめくられた『西遊記』はもうボロボロでした」

とはいえ、戦後マンガ少年たちを熱狂させた手塚治虫の『新宝島』が出版されたことなどは

「知るよしのないこと」だった。

小学三年生の冬休み、村の若者が、おみやげに手塚治虫の『流線型事件』をもってきた。それを読んで、矢口高雄は手塚治虫のような漫画家になりたいと決意する。さらに手塚治虫の漫画に出てくる女の子につぎつぎと恋してしまう……。

「手塚中毒」になった高雄少年は「杉皮背負い」という材木を運んで山をおりる仕事でこづかいを稼ぎ、片道二十キロの町の本屋に行って「ジャングル大帝」を連載していた『漫画少年』を自転車で買いに行く。行きはくだりでほとんどペダルをふまなくてもいいが、帰りは逆に手で自転車を押さないと登れない坂がいくつもあった。冬になると雪がつもって自転車にのれない。それでも五時間かけて山道を歩いて本屋に行った。

こうしたエピソードをふまえつつ、わたしは歩いて一分のところにある近所のマンガ喫茶で『釣りキチ三平平成版』（講談社）を読んでいるわけで……。やっぱ、文明っていいな、とおもいます。

――

日中、家にいて何も手につかず、高橋留美子の『めぞん一刻』（小学館）全十五巻をいっきに読んだ。止まらない。今、ちょっと放心状態になっている。受験、浪人、ひとり暮らし、就職活動……。昔、読んだときは、いずれも未知の世界だった。しかし、ぱっとしない、すこし不運で要領のわるい主人公の歩んだ道は、自分の将来とは無関係とはおもえなかった。高校時代にはその最終回付近がクラスでけっこう話題になった。

「おお、ついに！」

話は、ボロアパートの一刻館の未亡人の管理人の音無響子さんに浪人生の五代くん（五号室）が一目ぼれするところからはじまる。アパートの住民には酒豪の一の瀬さん親子（一号室）、のぞきが趣味の四谷さん（四号室）、スナックで働く朱美さん（六号室）がいる。そのうちお金持で二枚目なテニスコーチの三鷹さんという恋のライバルがあらわれ、五代くんと争うも、管理人さんは亡き夫、惣一郎さんに操を立てる。

大学生になった五代君はアルバイト先で知り合った女の子の七尾さんと付き合っているんだか付き合っていないんだかの関係になり、教育実習先では教え子の八神さんにもいいよられる。五代くんは貧乏で優柔不断でこれといった特技もない。まわりの状況にすぐ流されてしまう。うまくいきそうになるのだが、たいていおもうようにならない。五代くんも管理人さんも早とちりばかりして、誤解がとけて、いい雰囲気になりそうになると、一刻館の住民がおしよせてどんちゃん騒ぎ……というパターンをくりかえす。

そんなすれちがいドラマの『めぞん一刻』なのだが、単行本の九巻以降は一九八〇年半ばの就職活動（教育実習や就職浪人もふくむ）漫画としても読める。大学の就職相談で五代くんは「第一志望は東京海上火災、さもなくば三井、三菱、あわよくば松下、住友……」という。しかし、五代くんの成績表を見た担当者は、ただただ絶句。その就職相談の帰り道、五代くんはこんなひとり言をつぶやく。

一流企業はやっぱ無理か……
うすうす勘づいてはいたが……
技術があるわけでなし……
免許や免状もないし、
特技といえば金魚すくいくらい………
やりたいことといっても……
目標なんて別に……

企業の就職説明会でもけんもほろろのあつかいを受けた五代くんは、サラリーマンになってもいないのに「そーだ、脱サラという手があった」と郷里の親が営む定食屋で働こうとするシーンもある。「就職したら堂々と……」「結婚を申し込めるっ」「この面接には人生が賭かってるんだ!!」と意気込んで向かった大事な面接も、トラブルに巻き込まれ面接時間に間に合わない。ようやく内定の決まった会社は即倒産……。つくづく運がない。

五代くんが大学四年のときは一九八四年、翌年の一九八五年には、プラザ合意によって日本は円高不況のまっただ中でもあった。また就職浪人中の五代くんが、保育園の保父（保母）を目指すという展開になるのだが、そのころ「男女雇用機会均等法」が施行（一九八六年四月）される。わたしが「保父」という言葉を知ったのも、この作品がはじめてだった。今では男女とも「保育士」という。

話はかわるけど、五代くんのライバル三鷹さんが住んでいた3ＬＤＫの部屋の家賃は二十万円程度（当時の公務員の初任給は約十一万円）。

五代くんのおばあさんが、孫の恋敵が見たいと、五代くん（学生時代）と管理人さんをつれて、三鷹さんのマンションをたずねるシーンがある。その部屋を見た帰り、おばあさんは、かつて自分の夫よりも金持の色男に求婚されたことがあると管理人さんに告白する。おばあさんは、あんまりぱっとしない五代くんの祖父を選んだ。

女ってのはな、金よりも地位よりも、愛されるのが一番しあわせだと思ったんだな……

そのことばにたいして「しあわせだったんですね」と管理人さん。しかし……。

おばあさんの台詞は、久しぶりに読んでも堪えた。しあわせ……かあ。金かあ。仕事かあ。

うーむ。男のしあわせも、むずかしいなあ。

松本零士と石ノ森章太郎が同じ生年月日（一九三八年一月二十五日）というのは有名な話だが、さらに松本零士は『セクサロイド』（「漫画ゴラク」一九六八年四月〜一九七〇年十一月／ソロラマ漫画文庫、全四巻ほか）、石ノ森章太郎は『セクサドール』（「プレイコミック」一九七二年八月〜一九七三年十二月／双葉文庫、全二巻ほか）という女性型の人造人間を扱った似たような作品を描いている。

この両作品にさきがけ、平井和正の『アンドロイドお雪』（ハヤカワ文庫ほか）という小説が一九六七年に発表されている。この作品は「エッチ用」のヒューマノイドの古典にして名作として、今でも人気がある。

女性型のアンドロイド（ほんとうは「アンドロイド」は男性型で、女性型は「ガイノイド」と呼ぶらしい）は、見果てぬ夢かもしれないが、それはさておき、当時、松本零士は「りぼん」とか「なかよし」とか「小学四年生」とかずっと子ども向けの雑誌に連載していた。この『セクサロイド』あたりから大人向けの漫画を描きだした。石ノ森章太郎も『セクサドール』の前に『009ノ1』（「漫画アクション」一九六七年八月〜）の連載をはじめたのが二十九歳のとき、そのころをふりかえって、石ノ森章太郎は「子どもっぽく見られていたSFをちょっと色気も入れて、大人っぽいものにしたかったんじゃないかな」（「お見舞い鼎談」石ノ森章太郎、さいとう・たかを・藤子不二雄Ａ／『石ノ森章太郎　ビッグ作家　究極の短編集』小学館）と語っている。

同じ年の同じ日に生まれたふたりの漫画家は、三十歳前後に〝大人向けの漫画〟を意識したとき、女性型のサイボーグとアンドロイドの漫画を描いたと……。なんという偶然だろう。

ちなみに『セクサロイド』は二二二二年、G局の工作員シマが人造人間のユキを愛し、日本救済計画のために働くという話で、『セクサドール』はだいたい一九七二年頃が舞台になっているのだが、セクサドールは物語の終盤ちかくになって、未来からある目的のために送られてきたことが明かされる。その未来がいつごろなのかはわからない。

機能としては、いずれも性の奉仕をするアンドロイドなのだが、セクサドールのほうは胸の尖端から破壊光線が出たりする（この機能は「ある目的」のためにはあんまりいらないとおもわれる）。

ストーリーはあってなきがごとし。セクサロイドもセクサドールも、美しく従順な女性型の人造人間で、気まぐれなところもあり、主人公が他の女性（および他のアンドロイド）と色恋ざたを起こすとやきもちをやく（結局は許す）という……こう書いてしまうと、ものすごく都合のいい存在である。

ただし、人造人間の未来について、『セクサロイド』では、世界からセクサロイドを一つ残らず消そうとするF・H・ダマスが登場する回では、ダマスの女（セクサロイドではなく人間）が、こんな台詞をつぶやく。

疑似生命体がふえると人間の女はみじめな道を選ばなければならない確率もふえる。
人間にはきれいなのもみっともないのもいる　千差万別……　セクサロイドは……みんなきれいな人ばかり……
人間の女の恨みがおわかり　セクサロイドさん
（「F・H・ダマスの妄想」／『セクサロイド』）

また『セクサドール』では、文明が進んで女たちがヒマになったが、男たちはその生活を維持するため、ますます忙しくなって、あるときセクサドールをつれて逃げ出してしまったという未来が描かれている。特筆すべきことではないが、『セクサドール』の主人公の玉五郎の顔は、だんだん作者（石ノ森）に似てくることにたいし、『セクサロイド』における松本零士の主人公のシマは、いわゆる〝おいどん〟キャラではなく、けっこうモテる。

SFだからといってしまえばそれまでだが、その空想はいっぽうでは現実にもつながっていて、アンドロイド並の従順さを要求する男性は昔はけっこういたし、今でもいるだろう。もちろん、アンドロイド並の従順さで働く男性はいくらでもいる。

また『セクサロイド』『セクサドール』の三十年後、まだまだアンドロイドを作ることはむずかしいが、メイド喫茶（あるいは女性向けの執事喫茶）というものが生まれている。空想が現実化するとすれば、女性型人造人間が生まれる未来には、男性型のそれが生まれてもおかしくはない（実際、男性型アンドロイドと恋愛する少女漫画もある）。

男も女も自分に都合のいい異性を求め、すれちがう。そこに空想が生まれ、その空想はいずれ多少ちがった形で現実化する。

花沢健吾の『ルサンチマン』（小学館、全四巻）という作品では、コンピュータの「仮想現実」の世界の女の子に、ボディスーツを着用することで、触ることやそれ以上のことができる近未来の世界を描いている。

この物語の主人公のたくろーは三十歳（奇しくも）の素人童貞。たくろーは、「本日をもって（現実の）女をあきらめましたっ!!!」とゲームの中の女の子との恋愛に生きることを決心する。これ、怪作なんですよ。最終回、泣けます。セクサロイドとセクサドールよりも現実味があるとおもう。

平和で平穏な
毎日なのに
心も体も
インポテンツになっていく……
俺の心の奥底深く

何かが
不完全燃焼している……

柳沢きみおの『男の自画像』の主人公の並木雄二は、元東京セネターズ（おそらくモデルはヤクルトスワローズ）のピッチャーで、六年前に右ひじを痛めて退団している。プロでの成績は三十八勝三十六敗二十三セーブ。その後、サラリーマンになり、今は課長。妻は元スチュワーデスで子どもがふたりいて、さらに愛人もいる。

並木は今でもときどきプロ野球選手だったころの夢を見る。かつてのチームメイトで、新人王投手に輝いたスターの青志田はアル中で死んだ。東京セネターズのキャッチャーで今はやきとり屋を営んでいる益山はいう。

わかんねぇーな、人間なんてよ、人生なんてよ！

青志田の死は、並木雄二の心を変えた。

老いた時、人は後悔しても、もう間に合わないんだ。

もう一度マウンドに立ちたい。しかし今の平穏な生活も維持したい。酒もタバコもやめ、会社の行き帰りにトレーニングをはじめるが、その程度の練習でどうにかなるものではない。プロ野球選手だった並木はそのことを自覚している。

だからと言って、会社を辞めてまで練習したからと言って、カムバック出来る保障は何もない。

一度しかない人生じゃないか！　短いんだ、一生なんて。

会社にはプロ野球を退団した後、自分をひろってくれた恩義もある。並木は部下からも慕われている。安定した職を捨て、再びマウンドに立つことを願う並木に、もちろん、妻は反対し、子どもを連れて家を出てゆくという。

男はいつか中年になる。気力も体力もおとろえ、「このままでいいのか」と悩む。若いころの失敗は、いい経験になることが多いが、中年は失うものが大きい。中年になると、自分の可能性や能力にたいして、若いころよりもシビアな計算ができるようになる。

結局、並木は、仕事をやめてプロを目指す決意をする。三十六歳の並木の武器は未完成のナックルボール。大リーグで四十歳をこえて現役を続けていたフィル・ニークロの決め球だ。

人生は実力だけではどうにもならない！　運しだいだと思う……

毎年百人の新人がはいり、そのいっぽうで百人の選手がクビになる。

プロとアマの差は体力だよ。
そして同じ体力なら頭がいいやつ——
頭の良さが同じなら、最後は根性があるやつが、トップに立つのさ。

現実はきびしい。だから夢を見たい。「世の中そんなに甘くない」というのは簡単である。中年男にとって、そんなことは百も承知だ。人生おもいどおりにはならない。それ以上におもっていることをそのまま実行することができない。一度しかない人生……だが、しかし。わたしたちをおもいとどまらせるものはなんだろう。

臆病、保身、義務、責任、その他。それらをふりきって、夢にむかって厳しい練習を積み重ねる並木雄二。男なら、この漫画にしびれるはずだ。しびれなければ、男ではない。しかし、女は並木のようにひたすら自分の夢を追いかける男をどうおもうか、わたしの知ったことではない。

（メルマガ「早稲田古本村通信」２００５年3月〜０７年2月、一七七頁のエッセイ（『それでも町は廻っている』）のみブログ「文壇高円寺」より）

5
程よい怠惰

未開の感情

朝まで仕事し、寝ずに金環日食を見る。部屋の窓から見ることができた。

最近、出不精になっている。ずっと家に引きこもっていると、気が滅入ってくる。本を読んだり、ものを考えたりするのも体力がいる。寝転んで本を読んでいるだけでも疲れる。おそらく加齢のせいもあるだろう。

一日のんびり休めば、頭も気分もすっきりし、体力が回復する……なんてことはない。

そういえば、三十歳前後のときも（二十代のころと比べて）体力や気力が急に衰えて、これまで通りにいかなくなって、調子を崩したことがあった。

二十代のころは徹夜で原稿を書いたり、一日十数時間本を読んだりしても平気だった。でも自分の興味がしぼりきれてなかったから、いろいろなことが中途半端になりがちだった。

スタミナがなくなって、ようやく自分にとって大切なことに時間をつかおうと考えるようになった。

気分転換に近所の喫茶店に行き、辻まことの本を再読した。

教育された感情の方向から未開の感情の深みへ、その未踏の星座のきらめく宇宙へ行って

みなければ、人間は何も解ったことにはならない。詩によって起源に向わなければ、人間の起源はすこしも明かにされないだろう。

（「読者の反世界」／『続・辻まことの世界』みすず書房）

何年も前からこの文章の意味を考えている。
未開の感情とは何か。詩とは何か。
言葉が生まれる以前の人間の心のようなものだろうか。
コーヒーを飲みながら読書を続けていたら、こんなことも書いてあった。

立派な書斎で机に向って、庭の眺めを眼にして終始書いているような作家の書くものに道筋がないのは当然だ。歩きながら立止まらずに眺め、考え、発見する人々の話には、少なくとも道筋がある。

（「余白の告白」／『続・辻まことの世界』みすず書房）

家の中でずっと文章を書いたりしていると、どうしても行き詰まってくる。三十代半ばをすぎたあたりから、あまり寄り道をしなくなった。寄り道なんていつでもできるとおもっているうちに、だんだん億劫になってくる。
もっと歩こう。そう決意し、家に帰って、辻まこと著『山の風の中へ』（白日社、一九八一年刊）の「言葉の音」というエッセイを読み返す。

尾崎喜八の詩について書かれたものなのだが、その言葉にたいする洞察があまりにも深く、一読しただけでは理解しきれない。

言葉は道具として不断に手入れをされ、だいじに取扱われ、使慣らされることで仕事を手早く進め、仕上げを整えるものだった。

その人の使っている言葉と言葉に対する態度で「人」は評価された。

なぜなら道具には個人の経験を超えた摩滅と洗練と修復を生抜いた形があって、それが深い共感を伝えるから。

素晴らしいミュージシャンは、楽器がまるでからだの一部のようになっている。優れた職人は機械よりも正確に木を削る。

わたしは言葉という道具をちゃんと使いこなせているのだろうか。

不安になってきたので、これからちょっと外に飲みに行ってくる。

神様の野球ゲーム

ずいぶん前の話になるが、編集者（元書店員）の柳瀬徹さんに「おすすめの海外文学」を聞いたら、ロバート・クーヴァーの『ユニヴァーサル野球協会』（越川芳明訳、白水社）という作品を教えてもらった。

税務会計事務所に勤める五十代半ばすぎの主人公のヘンリーは自ら創始した野球ゲーム（サイコロゲーム）にのめりこんでいる。

実をいうと、実際の野球はヘンリーにとって退屈なだけだった。面白いのは、むしろ記録や統計であり、選手個人と球団、攻撃と守備、作戦と運、偶然と規則性、体力と知力といったものの間にある奇妙なバランスだった。

ヘンリーは、花形選手や主戦投手、新人選手などに分類し、四球、失策、怪我など「補助変数」の組合わせの一覧表を作る。

彼は架空の野球ゲームに夢中になりすぎて、日常生活に支障をきたすようになる。

ヘンリーはこの野球ゲームを創始するにあたり、手始めに、いわゆる南北戦争と再建の時代、野球の草創期から八球団を選びだし、各球団につき二十一人から成る選手名簿を作ったのだった。

さらに生存中のOBの数（協会人口）を調整するために、保険統計表を用いて死亡者名簿を作る。ここまでいくと、もはや選手の人生を操る神様のゲームといってもいい。ヘンリーは、個人成績の算出や協会の記録作りに熱中するあまり、勤務中にミスが頻出し、からだも消耗してくる。それでもやめることはできない。

『ユニヴァーサル野球協会』を読んで、わたしは色川武大の短篇「ひとり博打」（『小さな部屋／明日泣く』講談社文芸文庫に所収）をおもいうかべた。「ひとり博打」は、「私」が子どものころ、自分の右手と左手を力士に見立てた相撲遊びの話からはじまる。

初日が終れば二日目を、二日目が終れば三日目をやらなくてはならないから、気持のくぎり目というものがない。そうやって星取表が埋まっていき、やがて千秋楽がくる。すると番付会議を敢行しなくてはならぬ。

幕尻の勝敗に意味をもたせるために、十両を作る。同じ理由で十両の下の幕下、三段目、序二段、序の口、新序、本中と力士の数はどんどん増える。妄想はとどまるところを知らない。しかも「ひとり博打」の「私」は相撲だけでなく、野球のカードも作りはじめる。

野球遊びは力士遊びと寸分違わぬものであった。そうして又たゆまぬ研鑽によって向こうの（という世界に実在する実際の）野球そのものになっていた。

はじめたころは不自然だったカードは、試合を消化しているうちにその一枚一枚が手になじんでくる。リーグ戦が終わっても休むことはできない。契約やら選手の入れ替えやらキリがない。

考えただけでもうっとしいやら、わずらわしいやら。

「ひとり博打」は一九七〇年に「早稲田文学」に発表した作品、いっぽう『ユニヴァーサル野球協会』は一九六八年に出版されている（初邦訳は一九八五年、若林出版）。ただし、色川武大の「ひとり博打」は、実話（私小説）であり、ポストモダン文学の『ユヴァーサル野球協会』の影響は受けていないとおもわれる。当時、色川武大は阿佐田哲也名義で

『麻雀放浪記』を連載中だった。
「ひとり博打」を補足するエピソードとして、吉行淳之介著『恐怖・恐怖対談』(新潮文庫)所収の色川武大の対談の発言の一部を抜粋しよう。

たとえば、プロ野球で言えば、当時は一リーグでしたから八球団くらいあるわけです。その全選手のカードをつくって、大体本物と同じようなゲームをさせるわけです。いまでもおぼえてますけれど、サイコロが小さいのと大きいのとふたつありまして、小さいのが三で大きいのが五だったら三塁ゴロとか、いろいろ決めてある。(中略)リーグ戦をやると、向うの世界と違った、こちらの独自の成績が出てくるわけです。

球団経営やトレードもサイコロの数で占う。忙しすぎて、めしを食う暇もなかったらしい。一番中毒症状がひどかったときは、電車や住宅のカードを作り、観客がどこの球場に行くのかもサイコロで決めていた。

自分がまるで神様になったような、世の中のいろいろなことをとり仕切っているようなつもりになっておもしろいんですけどね。

現実のプロ野球ファンだって、そういうことはよくある。一軍の成績だけでなく、二軍の選手の成績が気になる。何年も何年も追いかけている選手たちの数字は、ひとつの生命のようなものになる。打率や打点、あるいは出塁率や総到塁数（ヒット、四死球、盗塁）を総アウト数（盗塁死や併殺も含む）で割ったトータルアヴェレージなど、データはどんどん膨らんでいく。ふと我にかえると、「何やってんだろ」とおもう。とはいえ、野球なくして、人生という退屈なゲームを乗り切れる自信はない。これはわたしの話だ。

（「屋上野球」２０１３年10月　創刊号）

三十五歳を過ぎてから

　三十五歳を過ぎてから、私は深い関心を持てぬ事柄を、努力して理解し吸収しようと試みることは一切やらぬことにした。結局、そういう努力は無駄骨で、頭の中に知識として残ったとしても、細胞の中を素通りしてどんどん軀の外へ出てしまうことが分かったからである。短い人生である。あまり無駄なことをしている暇はない。

（「些細なこと」／吉行淳之介著『なんのせいか』大光社）

あるとき、吉行淳之介はコミュニストの旧友に「君はもっと世界における日本の位置というようなことに考えをめぐらさなければ、文学者としてダメである」とエドガー・スノーと何人かの著作をすすめられる。

でも吉行淳之介は読まなかった。

その理由を述べたのが上記の文章である。

二十代のころ、わたしは吉行淳之介に心酔していた。しかし、ひさしぶりにこのエッセイを読み返し、ちょっと考えこんでしまった。

この先、深い関心をもてることにしぼったほうがいいのか。それともなるべく広い関心を持ち続けたほうがいいのか。

負荷のかかる本を読み通すのは時間や体力がいる。

三十歳のとき、わたしは知りあいの蔵書家の本を大量にゆずり受けたことがある。友人にレンタカーを運転してもらい、ダンボール二十箱分の古本と中古レコードを引き取ったのである。その中には自分ではぜったい買わないような稀少本もあった。

でも結局、ほとんど読まないまま、古本屋に売ってしまった。ただし小沢昭一と竹中労のレコードは今もうちにある。

自分の蔵書とその人の蔵書の質があまりにもかけ離れていて、うまく接ぎ木することができなかった。後日、「すみません、売っちゃいました」といったら、「だったら、今日はおごれ」と笑って許してくれた。

自分の関心事だけをずっと追いかけていると、すぐ行き詰まってしまう。

三十五歳を過ぎると、なかなか自分の文学観（人生観をふくむ）を変えるのは容易ではない。ヘタすると、二十五歳を過ぎると、ほとんど変わらないかもしれない。

四十代以降は、すこし無理をしてでも、これまで「深い関心を持てぬ事柄」について書かれた本を読んだほうがいいのかもしれない。

そんな気がしているのだが、とりあえず保留ということにしておく。

泥魚《でい》と人生

急に暖かくなった。まだコタツは出ている。いや、コタツは年中出ている。そろそろコタツ布団をしまうかどうか考えている。

毎年、四月の終わりから五月のはじめにかけて、調子を崩しがちだった。それで十二月から三月くらいまで、無理をせず、休養を十分とることを心がけた。

人生四度目の吉川英治の『三国志』を通読中。何度読んでもおもしろいし、初読、再読のときに見落としていた言葉にいろいろ教えられる。

曹操との戦いに敗れ、荊州《けいしゅう》に落ちのびる途中、関羽が「泥魚と人生」の話をする場面がある。

泥魚は、日照りが続くと身に泥をくるみ、じっと耐える。そして再び水がくると、泳ぎ出すという不思議な魚らしい。

ひとたび泳ぎ出すときは、彼等の世界は俄然満々たる大江あり、雨水ありで、自由自在を極め、もはや窮することを知りません。……実におもしろい魚ではありませんか。泥魚と人生――。人間にも幾たびか泥魚の隠忍に倣うべき時期があると思うのでございまする。

吉川三国志は、巻の半ばに達しても、負けて逃げて流浪してばかりで読んで疲弊すること甚だしい。でも頁をめくるのが止められない。

勝負のあやみたいなものが、これほど精緻に描かれた物語はほかにおもいつかない。

程よい怠惰

本を読むときのからだの調子や頭の具合についてよく考える。

健康すぎるとだめだ。外に出たくなる。酒が飲みたくなる。からだを動かしたくなる。じっとしていられない。かといって、風邪をひいていたり、疲れすぎたりしていてもいけない。体調がわるいと、活字も頭にはいってこない。

程よく怠《だる》いこと。

わたしが本を読んでいるとき、集中できるというか、しっくりくるのはそういう状態である。程よい怠さは、酒を飲んだときのほろ酔いの状態と似ている。どちらも狙ってその状態を作り出せない。

ずっとほろ酔いが続けばいいのになあとおもっていても続かない。たいてい痛飲し、泥酔し、二日酔いになる。

尾崎一雄の「日記」という随筆がある。

これまで日記を書いてこなかったのだが、今年の元旦から書きはじめたという。

志賀直哉の全集の日記の巻を読んで「文章はどうでもいい、その日あつたことを簡単に書きとめ、かつは又何か感想でもあつたら、自分があとで読んで判る程度に書いておく、将来何かの足しになるかならぬかはしばらく措き、現在の自分を整理するための一助にはなるだろう」とおもい、毎日何かを書き記そうと決めた。

志賀先生の日記には、一日分として、「忘れた」あるいは「無為」などと書いてあることがある。私のにもそんなのが続々と出てくるかも知れぬが、とにかくつけることはつける。

わたしもかつて日記をつけようとしたことが何度かあるのだけど、あまりにも毎日同じようなことしかやっていなくて続かなかった。

でも「無為」な時間が、何かの拍子に「有意義」に変わることがある。

そのときそのときはただただどうしようもなく怠惰にすごしているだけなのだが、後からふりかえると、そんな無意味におもっていた時間から得るものが、あったりなかったりする。

本を読んでいるあいだ考えていたことは、ほとんど忘れてしまうのだが、やっぱり、それも何かの拍子におもいだすことがある。

今は何もおもいだせない。

忘却の日々

寝る前にいくつか書きたいとおもうことが頭に浮かぶ。しかし翌日、起きて家事や仕事をこなしているうちに忘れてしまう。というか、起きたときには忘れていることのほうが多い。書きたいとおもうことの中には、自主規制で書かないこともある。今書くと、愚痴っぽく、ひがみっぽくなりそうなことは、すこし寝かせたほうがいいかなと考える。そうこうするうちに、そのことを忘れてしまう。

読んだ本の感想もそう。おもしろいとおもったら、一行でもそのときに書き残しておかないと書く気が失せてしまう。

ただ、何もかも書くこと、書き残すことがいいのかどうか。迷っているうちに忘れてしまう。ライター業をしていて、書いて失敗と書かなくて失敗の比率は半々くらいか。いや、書かなくて失敗というのはたいてい忘れてしまうから、ほんとうはその比率は実感よりもはるかに大きいはずだ。

そんなことを昨日の晩、考えていたのだけど、たまたま忘れなかったので書いてみることにしたが、前の日におもっていたかんじとちがうものになっている。

徒歩主義

急に寒くなった。冬が近づくにつれて、気が滅入りがちになるのはいつものことだ。腰痛持ちにはつらい季節である。

からだを冷やさず、疲れをためず、適度にからだを動かす。寝つけないときは葛根湯を飲む。予防策はそのくらいなのだが、どうにか春までのりきりたい。

どうしてもポテンシャルの低い身体で暮らしていくには、自分の心身をコントロールする必要がある。

ただし、無理せず、ケガせず、ということばかり考えていると、思考が保身に傾く。この問題をどうするかは、四十代の課題のひとつだ。

本多静六著『私の生活流儀』（実業之日本社文庫）の「眠りを深くするには」を読んでいたら、「やはりそうか」とおもったところがあった。

ところで、二尺の眠りを四尺の眠りにもってゆく——すなわち、普通人より深く眠る法であるが、それにはまず、頭と体とを適度に（あるいは十分に）働かせねばならぬ。私の徒歩運動は、頭を使うことの多い職業上の偏りをよく防いだもので、毎日の徒歩主義は、また毎晩の熟睡主義とも一致したのである。

家にこもって、ずっと仕事をしていると、不眠気味になるので、古本屋めぐりをかねて一、二時間（何回かに分けることもある）歩くことにしている。しめきり前だと「散歩している場合か」とおもうのだが、それでも散歩する。

徒歩主義だから。

歩かないと睡眠時間が毎日三、四時間くらいずつズレてしまう。別にそれで困るような生活ではないのだが、昼すぎに寝て、夜起きるというパターンになると「今日は一日何もしなかった」という気分になる。できれば、それは避けたい。

三十代までは仕事を中心に一日を組み立てていた。今は散歩と睡眠を優先する。

健康だとお金がかからない。メシと酒がうまい。そんな単純な事実に気づくのに、ずいぶん時間がかかった。

無用な余白

無用といっても、多くの人にとって、という意味で、それを必要とする人には有用なものはいくらでもある。

当然、多くの人には有用でも自分には無用なものもある。

はたして自分が有用だとおもうものを共有できる人間はどのくらいいるのか。

世の中をよくしたいという気持がないわけではないのだが、社会が改善されても自分の生活がつまらなければ意味がない。逆に、社会がどんなにぐずぐずでも自分がそこそこ楽しく生きていけるなら、それはそれでわるくない気もする。

ただし、わたしが酒飲んで本読んでふらふらしていられるのも、世の中にとって有用な仕事をしてくれている人々がいるおかげだとおもうので、まあ、なるべく足をひっぱらないようには気をつけたい。

前にもどこかに書いた気がするが、わたしの理想の文章のひとつは滝田ゆうの随筆で、中でも『ぼくの裏町ぶらぶら日記』（講談社）の「はじめに」は年に数回読み返すくらい好きだ。


ぼくは不精者であります。けど漫画家としては、一応好奇心のないこともないが、不精という点からすると、かなりこれにのめり込んでおり、かつて、ぼくが今の道を目指すことになったについても、生来の不精に加えて、道楽者であり、親不孝者であり、オッチョコチョイであったことによる。

さよう。確かにぼくには不精なところがいろいろとあるが、妙に神経質な面もあって、一応はあれこれと考えてみたりもする。だが、なかなかどうして納得する程の結論が出ることもなく、結局、大雑把に行動することになってしまう。

無用とおもわれるものをどんどん切り捨ててしまうと、味気なくなるというか、息苦しくなる。でもあってもなくてもいいような余白のみたいなものが、滝田ゆうの絵や文章にはある。通りぬけられない道や路地裏の飲み屋の世界なんてまさにそう。

震災と原発事故があって、しばらくは落ち着かない日々が続いたが、すっかり怠け者に戻ってしまった。それでも役立たずなりの役割として「こんなことやっている場合か」とおもいながら、余白作りに精を出していきたい。

ぼんやり迷読

『私の読書遍歴』（かのう書房、一九八三年刊）をぱらぱらと読む。「週刊読書人」の連載をまとめたもので、作家、詩人、芸術家ほか八十三人の読書に関するエッセイがおさめられている。

三木卓の「文学の領土へ導かる」というエッセイを読んでいたら、次のような文章があった。

本を読むということが、読んだ人間に残す痕跡というものは当人の自由にならない。自分が必要だと思ったり、読むべきであると思って一生けんめい読んだ本が、その人間に対して必ずしも力を持つとは限らないと思う。（中略）反対に、何気なく手にとって読んでしまったもの、あるいは、好きだ、ということに気づかないでいて、しかし無意識にひきつけられて読んでしまったものが、あとで意味を持って自分自身に働きかけていることがあり、しかもそれにずっとあとになってから気づくということもある。

わたしは書くために読む習慣が、半ば身にしみついている。読書時間の大半は資料との格闘といってもいい。

目的があると、読書の集中力は上がる気もするのだが、それが自分に痕跡を残すとはかぎらない。

むしろ、三木卓のいうような、ずっとあとになって自分に働きかけていたことに気づく読書のあり方をもっと大切にしたほうがいい。

長年、本を読んでいるうちに、だんだん自分の選書眼のようなものができてくる。どんなに名作といわれても、好みから外れている本にはなかなか手が出ない。自分の価値基準でその本のよしあしをすぐ決めてしまう。読書の幅が狭くなる。

狭くなることを洗練と錯覚し、わからないものをわからないままぼんやりと受け止めることができなくなる。

読書にかぎらず、人との会話でも、ずいぶん時間が経ってから、「あ、そういうことをいいたかったのか」と気づくことがある。何かを判断するときに、ふだん忘れている人にいわれた言葉をおもいだしたりすることもある。

何の目的もなく、ぼんやり本を読んだりものを考える時間の大切さ——一日のうち、ほんのすこしでもいいから、そういう時間を作りたい。

一軍半の心得

昨年までずっと二軍だった選手が一軍にいる。でもなかなか出番がない。

長年、わたしがひいきにしている球団は、レギュラーだった選手がメジャーリーグに渡ったり、ケガ人が続出したりして、今年は選手層が薄くなっている。

一軍半の彼らにとってはチャンスだが、実績のあるレギュラーとちがって、すぐに結果を残さないと次の候補にチャンスが回る。

勝負の世界は厳しい。

プロになるような選手はみんな素質や力はある。

プロ野球界は、全国各地の野球エリートのトップが集結している。その中でレギュラーになるには、数少ないチャンスに力を発揮しなくてはいけない。

実力だけでなく、運もいる。

どんなに二軍で結果を出しても、ポジションの数は決まっている。スタメンの選手と変わらないくらいの実力があっても、代打や代走の数回のチャンスだけではなかなか結果を出せない。

逆に、過去の実績があれば、ちょっとくらい不振が続いても、簡単には交代させられない。

チャンスは平等にめぐってくるわけではない。

走攻守三拍子揃った選手であればいいかといえば、そうとも限らない。

チーム事情によっては走攻守それぞれのスペシャリストが必要な場合もある。左投手には滅法強いとか、守備力や足の速さがチーム内で突出しているとか、替えのきかない武器を持った選手のほうが、出番が回ってきやすい。

出番が回ってきて、期待に応える。苦節うん年、ようやくスタメンに起用されるようになったかとおもったときに、超大型ルーキーやら外国人助っ人が入団し、あっけなくポジションを奪われてしまうこともある。

どうすればレギュラーになれるか、いかにしてレギュラーになった後、ポジションを死守すればいいのか。

コーチの指導でフォームを変更し、成長する選手もいれば、ダメになっていく選手がいる。レギュラーになるために無理をしすぎて故障し、一部のファンをのぞいて人知れず姿を消す選手がいる。

わたしはずっと一軍半くらいの選手のことが気になっている。ひまさえあれば、インターネットでファームの選手成績を追いかけている。

彼らは、ヒットを打ったり、ファインプレーをしたりするだけでなく、首脳陣の信用を得るために、「最低限」のプレーを積み重ねる必要がある。

進塁打や犠打を決めること。

凡ミスをしないこと。

主力としてまだ認められていないプレイヤーは、そういうことが求められる。「最低限」といわれる仕事をどれだけ高い水準でこなしているか。それができないとまた二軍に落とされる。

そんなことを考えながら、野球を観ていたら疲れた。

しかもひいきのチームは守護神の大乱調で逆転負け。

今日もやけ酒だ。

負けたり休んだり

ずっとごろごろ本を読んだり、インターネットを見たりしている。毎日のように古本屋通いをしていても、毎回、買った本がおもしろいわけでもない。最後まで読み通せない本がほとんどかもしれない。

そんなにしょっちゅう「人生を変えた一冊」に出くわせるわけではないし、そんな本がたくさんあったら、それはそれで忙しすぎて疲れる。

世の中は、ある人にとってはかけがえないことでも、別の人にはどうでもいいことばかりだ。時間をかけないとわからないよさもある。

そんなわけで、今のぐったりした気分にぴったり合う古山高麗雄著『競馬場の春』（文和書房、一九七九年刊）を再読した。

この本は、いつも困ったときに読み返している。

> 私は、「休むことと見つけたり」と「負けることと見つけたり」の二本立で競馬を楽しんでいる。（中略）私のような者は、負けても楽しむ世界を見いだすのでなければ、競馬が続けられるはずはない。
>
> （「競馬とは休むことと見つけたり」）

負けても楽しむ世界を見いだすこと。

勝ったり負けたり、調子がよかったりわるかったり、連戦連勝なんてことはない。

今、ちょっとあまり調子がよくないのだが、だらだらするのも、それなりの楽しみはある。

たとえば、ものすごくだめなときに何ができるのか試してみることもそのひとつだ。

昨日、わたしはプロ野球のひいきチームのファーム（二軍）の選手の成績をひたすら調べていて、膨大な時間をつぶしてしまった。何の役にも立たないことを楽しめるかどうかは、精神衛生を保つ上では大事なことだとおもう。

そんな言い訳をしながら、無為な時間をすごす。

教養とは、お金がなくても暇つぶしができること。

夜中、仕事をしながらラジオでナイターを聴く。正規の放送ではなく、北海道在住の自称ニート（推定二十代後半）がテレビを観ながらひたすら野球の試合を実況しているネットラジオだ。

この日は完全に負け試合だったせいか、ほとんど野球の話をせず、百円ショップのレトルトカレーと飼い犬（名前は「こくまろ」）の話に終始していた。

くだらない話に何度も笑った。

あとがき

二〇〇七年五月に晶文社から『古本暮らし』というエッセイ集を出してもらった。わたしのデビュー作である。

今から八年ちょっと前のわたしは三十七歳——働き盛りといってもいい年頃、ほとんど仕事をせず、閑さえあれば、古本屋通い、本を売ったり買ったりしていた。

どうしてこんなことになってしまったのか。

十九歳でフリーライターの仕事をはじめた。

最初の原稿料は五千円だった。

一本五千円。十本で五万円。月に二十本書けば十万円になるではないか。それだけあれば、食うに困らないではないか。我が脳内計算機は瞬時に「いける！」と判断した。しかしよくよく考えてみれば、月二十本も書けるわけがないし、そもそも原稿の依頼がそんなにあったら苦労はない。

十九歳の自分の浅はかな勘違いのせいで、今のわたしがいる。

四十六歳の中年男になって五冊目の本を出すことができたのも若き日の自分が、就職もせず、風呂なしアパートで本を読んだりレコードを聴いたりゲームをしたり酒を飲んだりしながら、気が向いたときに原稿を書き続けてきたおかげともいえる。正直、もうすこし酒を控えて、真面目に働いてほしかった。

もともと今回の本のタイトルは、デビュー作につける予定だった。「タイトルどうする?」と聞かれて、わたしは『閑な読書人』と即答した。尾崎一雄の『閑な老人』をもじった題である。

結局、当初の案は紆余曲折を経て却下されてしまうのだが、いつの日か『閑な読書人』という題の本を出したいとおもっていた。ようやく念願がかなった。

閑がなくても本は読めるというが、閑がなければ、本は探せない。本を読んでいる時間よりも本屋で背表紙を眺めている時間のほうが長いくらいだ。

仮にも〝閑な読書人〟を名のる以上、なるべく〝忙しい読書人〟が手にとらない本を読みたい。

一冊の本に導かれて次の本を読む。読んだ本から脇道にそれて別の本を読む。本を読んで何かを知り、何かを考える。近所の飲み屋で誰かの話を聞いて、何かを知り、何かを考える。

この本に収録した文章の大半は、家と本屋と飲み屋と三角形をぐるぐるまわりながら書いたものだ。ぐるぐるまわっているうちに何を書こうとしていたのか忘れてしまうこともあった。

幾度となく読みかけの本が行方不明になるという窮地に陥った。川や海のそばに引っ越し、自然とふれあう生活を送りたくなったことも度々あった。

そんな苦難の末、十年ほどの間に書いた百本ちかくの文章を晶文社の倉田晃宏さんにまとめてもらった。

神保町の喫茶店と高円寺の飲み屋を行き来する打ち合わせは楽しかった。二十年ぶりくらいにステーキも食べた。はじめのうちは順調に原稿を送っていたのだが、途中で完全に足が止まってしまい、ずいぶん苦労をかけてしまった。

なんとか無事に一冊になってほっとしている。

エッセイの後に初出のない原稿は、ブログ「文壇高円寺」で二〇一〇年から二〇一五年くらいのあいだに発表したものを収録している（「杉浦日向子の隠居術」は書き下ろし）。

最後に、お気づきの方もいるかもしれないが、これまで刊行されたわたしの本のタイトルはすべて五文字である。

とくに理由はない。

二〇一五年十一月　高円寺にて

荻原魚雷

著者について

荻原魚雷（おぎはら・ぎょらい）

一九六九年三重生まれ。明治大学文学部中退。在学中から雑誌の編集、書評やエッセイを執筆。『sumus』同人。著書に『古本暮らし』『活字と自活』『本と怠け者』『書生の処世』などがある。

閑《ひま》な読書人《どくしょじん》

二〇一五年一一月三〇日初版

著者　荻原魚雷

発行者　株式会社晶文社

東京都千代田区神田神保町一―一一

電話（〇三）三五一八―四九四〇（代表）・四九四二（編集）

URL http://www.shobunsha.co.jp

印刷・製本　株式会社太平印刷社

ISBN978-4-7949-6895-1　Printed in Japan